おイネの十徳

駆月基矢

おイネの十徳

馳月基矢

目次

表紙画：木村瞳子
デザイン：納富司デザイン事務所

登場人物（年齢）

おイネ（12）　シーボルトとおたきの娘。今は母の再婚相手・和三郎の営む俵屋で暮らしている。髪の色のせいで好奇の目を向けられがち。勉強も運動も得意で手先も器用。女の子らしくさせようとする母を窮屈に思っている。

高野長英（35）　江戸からやって来た医者。蘭学の研究もしている。鳴滝塾の卒業生で、オランダ語が得意。今回は秘密の目的があって長崎を訪れた。いつか故郷の水沢を飢饉や貧困から救いたいと願っている。

おたき（32）　おイネの母。もとは出島行きの遊女、其扇《そのぎ》と呼ばれていた。シーボルトが追放された後、鼈甲職人の和三郎と再婚。今は和三郎の営む俵屋のおかみ。反発ばかりするおイネに手を焼いている。

朝吉（12）　出島に滞在した薬剤師ビュルゲルと、おたきの姉で遊女の千歳の間に生まれた。おイネの従兄。茶色の癖毛と藍色の目のため、手習所でいじめられていた。今は俵屋の丁稚として働いている。

おふく（12）　唐通事の血を引く少女で、おイネの親友。家は唐料理屋を営んでいる。唐話（中国語の話し言葉）をしゃべることができる。素敵な恋に憧れるという、夢見がちなところがある。

おせん（37）　おふくの母。妊娠六か月だが、体調がよくない日もあって、娘のおふくに心配されている。

深堀振兵衛（72）　おイネたちの手習いの師匠。もとは中島聖堂に勤めていた儒学者。

おとめ（享年31）　おイネと朝吉の子守りをしていた女性。今年の春、おなかの子供と一緒に亡くなった。

中山作三郎（54）　オランダ大通詞。通訳としても役人としても有能で、シーボルトとも懇意にしていた。

川原慶賀（53）　シーボルトに重用された町絵師。今は田口と名乗り、西山に隠れ住んでいる。

（本作品はフィクションです。事実とは異なるところがあります）

年表

一八二三年　シーボルト来日
一八二四年　鳴滝塾開設
一八二七年　おイネ誕生
一八二八年　シーボルト事件
一八二九年　事件の裁きが下り、シーボルトは日本から追放される
一八三八年七月が『おイネの十徳』の物語の背景。登場人物の年齢はすべて数え年、日付は旧暦で表記している。

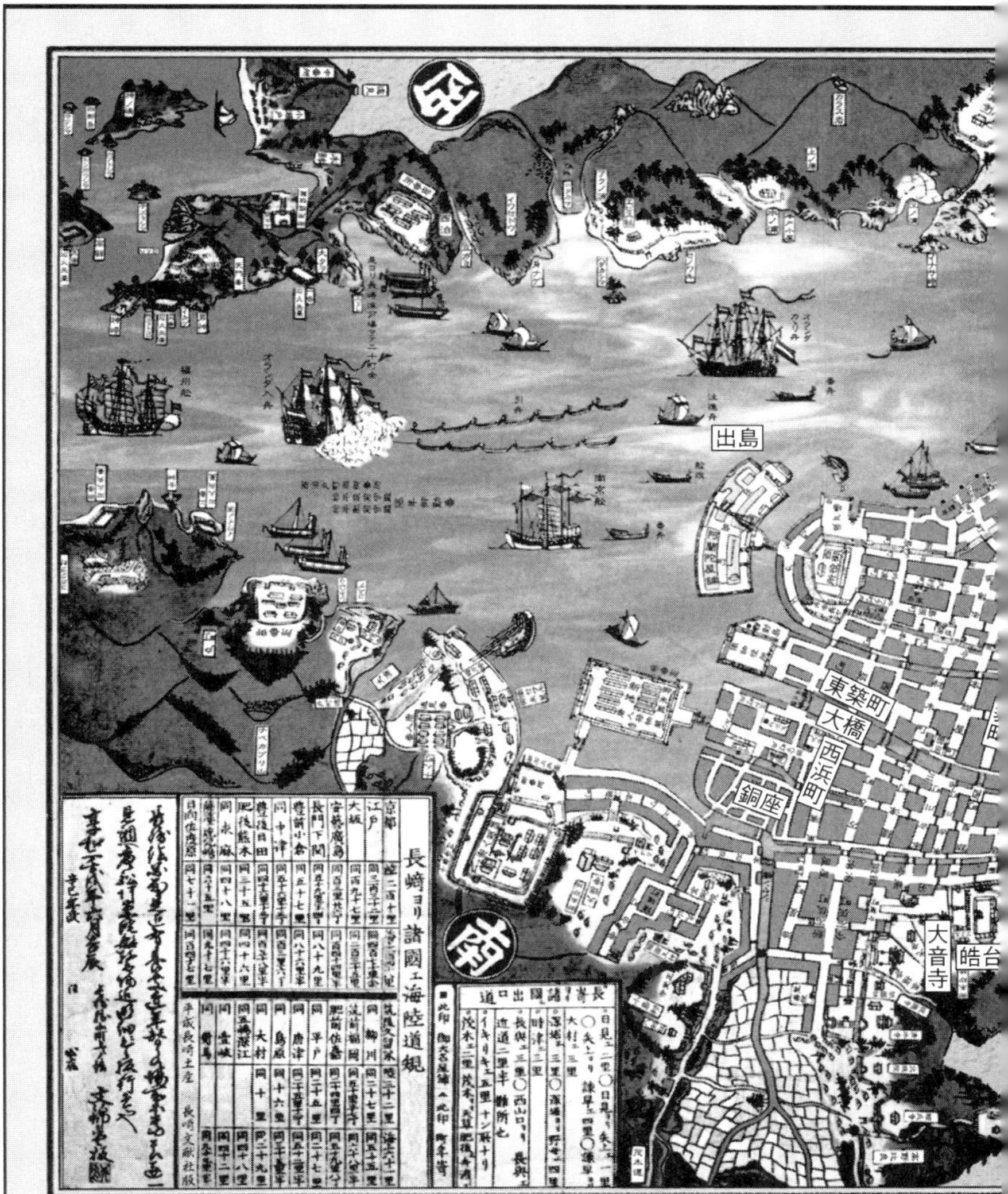

「享和二年肥州長崎図」を加工

序　おイネ、二つ

腕をいっぱいに伸ばして、おイネは大きく手を振った。

白い帆《ほ》を張った船が、遠くに見えている。その船に向かって、大人たちに言われたとおりに手を振って、あいさつをしてみせたのだ。

母にしっかりと抱きかかえられているせいで、あまりうまくできなかった。

それでも、すぐそばに立つ人が、にっこり笑って誉めてくれた。

「モーイ！」

その人はたいてい、おなかに響《ひび》く低い声でしゃべるのに、おイネを誉めるときだけは、高くかすれた声になる。短い唄《うた》を歌うような「モーイ！」の響きが、おイネは好きだ。

おイネはその人に笑いかける。

その人は、緑色のかぶりものを頭に載《の》せている。かぶりものの下にのぞいているのは、明るい色をした髪だ。おイネの髪も、同じ色をしている。

それは、よく実った稲穂《いなほ》の色だ。稲《いね》という穀物は特別で、日ノ本《ひのもと》の人々にとっては命の源と言ってもよい。

おイネは、そんな大切な穀物にちなんで、この名をもらった。

おや、見てごらん、と大人のうちの誰かが言った。この物見やぐらには、おイネと母と緑色のかぶりものの人のほかにも、幾人かの大人がいる。大人というのは、おイネよりも体の大きい人のことだ。

見てごらんと言われたので、指差されたほうへと、おイネは再び向き直った。その途端、真っ青な海がきらきらとまばゆく照り返すのに目を射られて、きゃっと声を上げてしまった。

文政十一年（一八二八）七月。

年に一度オランダ船が入港する、まさにその日のこと。

出島《でじま》出入りの長崎絵師、川原慶賀《かわはらけいが》が、一連の情景を絵に描いて後世に残している。『唐蘭館絵巻《とうらんかんえまき》』のうち「蘭館図《らんかんず》」の中の一枚、「蘭船入港図《らんせんにゅうこうず》」である。

長崎の湊《みなと》は深い入り江だ。濃く鮮やかな緑色の岬《みさき》が二筋伸びるその間を、あまたの舟が行き交いながら、オランダ船を迎える支度《したく》をしている。

波止場を見下ろせば、彩り豊かな唐船《とうせん》や足の速い漁船、これから客を乗せて沖へ繰り出そうとする屋根舟が係留してある。

その情景を描いておくようにと、慶賀は、雇い主であるシーボルトに命じられていた。

名医と評判の高いシーボルトは、妻のおたきと娘のおイネを殊《こと》のほか大切にしている。

しかし、妻子とともに過ごせるのは、あとわずかだった。九月になってオランダ船が長崎から離れるとき、シーボルトもその船に乗って本国へ帰還しなければならないのだ。

それゆえに、シーボルト自身とその妻子がともにある情景を一枚でも多く、できる限り精密に、絵に描くこと。それが慶賀に与えられた仕事だった。

さもありなんと慶賀は思う。おイネはまだ、この世に生まれて一年余りの幼子に過ぎない。立って歩くのも言葉を覚えるのも早く、すでに才気煥発《さいきかんぱつ》な様子をうかがわせてはいるが、さすがに幼すぎる。

おイネはきっと、父と過ごした今日のことを忘れてしまうだろう。

ゆえに慶賀は描くのだ。

この物見やぐらから見える色や光、母の胸のにおいと潮の香りとオランダ料理のにおい、オランダ船の石火矢《いしびや》の音や、父シーボルトが歌うように口ずさんだ「モーイ！」という言葉の響き。何もかもを一枚の絵に写し取る。

いつかこの絵をおイネに見せることができるだろうか。

いや、願わくは、ほんのわずかでもいい。おイネ自身がこの日のことを、おイネを愛した父のことを、覚えていてくれるのなら、きっとそれが最も喜ばしい。

あどけないおイネは、父の緑色のかぶりものに手を伸ばす。父はそれに気づいて、かぶりものを自分の頭から外すと、おイネの小さな頭に載せてやった。

ぶかぶかのかぶりものにご満悦《まんえつ》のおイネは、きゃっきゃっと声を上げて笑う。
父も母も、まわりの大人たちも、愛らしい声につられて笑った。

第一話　九連環と旅の医者

一

おイネは、先ほどからずっと九連環《きゅうれんかん》とにらめっこをしている。

「だめだ。これじゃあ隣の輪っかに引っかかるけん、初めに解くとはこの輪じゃなか。やり直そう」

ぶつぶつとつぶやいて、動かしかけていた輪をもとのところに戻す。輪は隣の輪とぶつかって、おイネをからかうように、ちりちりと涼やかな音を立てた。

手習所《てならいじょ》がお開きになった後、おイネは自分の家にも寄らず、親友のおふくのところで九連環に挑んでいる。

おイネもおふくも、十二だ。二人とも、このあたりでは、ちょっとした秀才として知られている。女だてらに四書五経《ししょごきょう》の素読《そどく》など、と陰口を叩かれることもあるが、手習いのお師匠さまはそんなことを気にもなさらない。

おふくがおイネの手元をのぞき込んだ。

「どう？　やっぱり、おイネちゃんにも難しか？」

「もうちょっと待って。少しわかってきたけん」

「本当？　さすがおイネちゃん！」

おふくは、もとより丸い目をますます丸く見開いた。顔を寄せてきたおふくの口から、ふわっと甘い匂いがした。さっき食べた芝麻球《ごまだんご》の小豆餡《あずきあん》の匂いだ。頬に落ちかかった髪を耳に引っかけて、おイネはうなずいた。九連環の輪の一つをつまんで引っ張ってみせる。

「一つの輪っかば外すためには、隣の輪っかもうまく使わんばならんよね。一つずつ、正しか手順で外していく。一つ外せたら、同じことば繰り返せばよかとでしょ。ばってん、肝心《かんじん》の一手目がわからんと」

おイネが手にしている九連環は、唐土《もろこし》渡りのおもちゃだ。

九つの輪が連なっているところに、細長く伸びた楕円《だえん》がしっかりとはまっている。九つの輪の下には一本ずつ足がついていて、九本の足はばらばらにならないよう、細長い板でひとまとめにつながれている。

言うなれば、手の込んだ鍵《かぎ》と錠《じょう》みたいなものだ。

細長い楕円が鍵で、九つの輪が錠。

鍵を外すためには、知恵を絞《しぼ》って謎を解いていくしかない。鍵も錠もほっそりとした造りだが、頑丈な鉄でできているので、曲げたり壊したりはできないのだ。

おイネは九連環を膝の上に置き、腕組みをしてうなった。

「どうして外れんとやろう?」

むやみやたらにがちゃがちゃと動かしてみても、偶然外れてくれるような代《しろ》物《もの》ではない。かといって、じっと見つめていても、頭がこんがらがってくる。

唐料理屋を営むおふくの家には中庭がある。畳三帖ぶんほどの小さな庭だが、草木がきちんと手入れされていて、居心地がいい。蜜柑《みかん》の木が枝を広げ、濃い緑色の葉がおイネとおふくに影を投げかけている。

秋七月。お盆を間近に控えた、九日の夕刻である。

橙色《だいだい》の西日が木漏れ日となって降り注いでいる。つくつくぼうしの鳴く声が聞こえてくる。唐料理で使う油のにおいが香ばしい。

おふくがおイネの顔をのぞき込んでいる。そのまなざしを感じながらも、おイネは九連環をにらんだまま、目を上げることができない。

なぜ解けないのだろう？　せっかくおふくが頼ってくれたのに。

九連環は、おふくのものだ。「兄しゃまにもらったと」と嬉しそうに言っていた。

おふくの兄は唐通事《とうつうじ》の見習いをしている。だから、唐土渡りの珍しい品を、ときどきおふくのために買ってきてくれる。たとえば、きれいな絹の端切れや唐人を模した人形だとか、傷が入って売り値の下がった鼈甲《べっこう》の櫛《くし》だとか。

ぴかぴかに磨かれた九連環に、おふくは初め、飛び跳ねて喜んだそうだ。

それはそうだろう、と、おイネも思う。唐人が長崎に伝えた清楽《しんがく》に『九連環』という恋の唄《うた》がある。おふくは唐話の唄をたくさん知っているが、中でも『九連環』をいちばん気に入っているのだ。

「ねえ、おふくちゃん」

「なぁに？」

「歌ってよ。『九連環』の唄」

「うん、わかった」

うなずくと、おふくは夢見るような目をして深く息を吸った。

看々也。賜奴的九連環。（見てごらんなさい、私がもらった九連環）
九呀九連環。双手拏来解不開。（九つの輪よ九連環。両手で引いても解けやしない）
撃把刀児割。割不断了也々呦。（刀で断とうとしてみても、断てやしないのよ）
割不断了也々呦。（断てやしないのよ）

誰人也。解奴的九連環。（誰が解くのか、私の心と九連環）
九呀九連環。奴就与他做夫妻。（九つの輪よ九連環。私は彼と夫婦になるわ）
他門是个男。男子漢了也也呦。（まさに彼こそ、その男。男の中の男なの）
男子漢了也也呦。（男の中の男なの）

おふくの甘い声は、唐人の言葉である唐話をしゃべるとき、鼻にかかったようになってひときわ甘く響く。おイネでは、とてもこんなふうには歌えない。譜に書かれたとおりに音をなぞり、おふくの歌う言葉を真似てみても、だ。

おイネは、膝の上の九連環に目を落とした。

開けられない鍵、解けない謎だ。

おふくは兄にこの九連環をもらった後、まずは自分で解いてみようとした。でも、早々にあきらめた。

「うちの次は兄しゃまがやってみたと。それから、おとしゃまが。ばってん、誰も解けんやったとよ。唐通事の伯父しゃまにもやってもらって、それでもやっぱり、だめやった」

家族の次が、おイネだった。

同じ手習所の筆子《ふでこ》の中では真っ先に、男の子たちではなくおイネに、おふくは九連環を託《たく》したのだ。

それも当然だった。何せ男の子たちときたら、ふざけて騒いでばっかりで、いつまで経っても子供っぽい。おふくが嫌がるのをおもしろがって、わざわざ油虫を持って追いかけてきたりする。

そういうときに男の子たちを叱《しか》ってやっつけるのは、おイネの役目だ。おイネは男の子たちなんかに負けない。からかわれたりばかにされたりしたら、決して黙ってなどいないのだ。

おふくは、くすくすと笑って、おイネの肩にくっついた。

「九連環はおイネちゃんに解いてもらうって言ったら、おとしゃま、ほっとした顔になっとったよ」

「どうして?」

「ほら、『九連環』は恋の唄たい。九連環ば解いてくれる男の人が現れたら、その人と夫婦《めおと》になるっていう唄。ばってん、うち、好きな男の子おらんもん」

「あたしが解いても、おふくちゃんばお嫁にすることはできんけん、おじちゃんはほっとしたと?」

「うん。ばってん、おイネちゃんが男の子やったらよかったとに。そしたら、うち、おイネちゃんのお嫁さんになりたかったよ。おイネちゃん、いつもきりっとしとって、格好んよかもん。うち、おイネちゃんがいちばん好き」

おふくは甘い声で笑い続けている。おイネは、くすぐったいような、居心地が悪いような気持ちになった。

「ありがとう」

ぼそりとつぶやく。低い声を出すのがすっかり癖になっている。

おイネの声は、母とよく似ているらしい。高い声など出すと、本当にそっくりなのだそうだ。

だから、おイネはなるたけ低い声でしゃべるようにしている。母と似ていると言われても困る。だって、おイネと母は、根っこのところからまるっきり違う人間なのだから。

十七で父と夫婦になり、二十一の頃におイネを生んだ母は、三十を超えた今でも若々しい。小鳥のさえずるように愛らしい声も、年など取らないかに見える母には、しっくりと似合っている。

声を除けば、おイネが母に似ているところはない。

おイネは、十二の女の子にしては背が高い。腕や脚、手足の形も、節が目立って男の子みたいだ。背丈も手足の大きさも、とうに母を追い抜いている。

顔立ちも母とは似ていない、と思う。

おイネの顔は、つんとしているように見える。まっすぐ通った鼻筋のせいだろう。幼子らしい丸みがすっかりなくなった頬と、日焼けしない象牙《ぞうげ》色の肌のせいでもあるだろう。

何より、青みがかった灰色の目が、日の光の下で妙に冷たく輝いて見えるからだろう。

おイネは異人の子だ。母は長崎の女だが、父が異人だった。生まれた頃から異人の血が強く表に現れていたようで、それは今でも変わらない。

長崎の地を踏む西洋人は、オランダ船でやって来た男のみ。女は、かつて出島に上陸したことがあるらしいが、おイネは会ったことがない。この長崎に住む大半の人もそうだ。

だから、いかにも異人のようだというのは、男っぽい姿かたちだという意味でもある。

彫りが深いおイネの顔立ちは、なるほど整っていると言われることはあっても、かわいげに欠ける。おふくがしばしば言ってくれるように、「格好んよか」というのが、きっとおイネに似合いの言葉なのだ。

それを悲しいと思ったことはないけれど。

だって、いかにも女の子らしく、お人形のようにかわいらしくおとなしく収まっているなんて、まっぴらごめんだ。

世の中には「女の子には学問など必要ない」とか、「女の子は自分の名さえ書ければいい」とか、そんなことを言う大人がいる。何を隠そう、母もそういう大人の一人で、おイネに手習いではなく、お琴や唄の稽古《けいこ》をさせたがる。

「ちょっと、おイネ、長崎生まれのおなごが、芸事のひとつも身につけとらんで、どげんするとね？」

「あんたはまた、男の子んごと勉学の本ばっかり読んで。そげんしよったら、お嫁に行けんばい」

母が愛らしい声で紡ぐお小言は、いつもそんなふうだ。

何て窮屈《きゅうくつ》なんだろう？

おイネは、芸事よりも学問のほうがおもしろいと感じている。あまり楽しくないと思いながら唄を歌ったって、聴いている人もきっと楽しくないだろう。

もしも大人になってお嫁に行くとしても、おイネが読む本にまであれこれ指《さし》図《ず》をしてくるような器の小さい旦那《だんな》さんなんて、願い下げだ。

おふくが、おイネの背中に自分の背中を預けながら、鼻唄で『九連環』を歌っている。

唐土渡りの、何とも風変わりだけれど、聴く人を飽きさせない節回し。

「誰人也。解奴的九連環。（誰が解くのか、私の心と九連環）」

おイネは膝の上の九連環をじっと見つめる。

実のところ、唄のような恋に憧《あこが》れるおふくの気持ちも、よくわからない。

自分の手の中にある謎《なぞ》を、よそからやって来た誰かさんに解かれてしまうなんて、おイネは嫌だ。どれほど難しい謎であっても、謎解きのために苦しい思いをするとしても、この手で解きたい。

ふと。

開けっぱなしの木戸のところから、おふくの母のおせんが、おイネを呼んだ。

「おイネちゃん、朝吉《あさき》っちゃんが来とるばい。おうちにお客さんがいらっしゃったけん、おイネちゃんも帰っておいでって」

おせんは、目立ち始めたおなかを突き出すようにして、ふう、と息をついた。おなかの中に赤子がいるのだ。赤子ができたばかりの頃は何となく具合が悪そうだったが、近頃はこうしておなかを抱えながら、店で働いている。

「お客さんって誰やろう?」

「珍しか人んごたあよ。何でも、おイネちゃんのおとしゃまのお弟子さんやった人なんだって」

おイネは驚いて、ぱっと立ち上がった。九連環が、ちりんと音を立てて土の上に落ちた。

二

朝吉《あさきち》は、おイネの従兄《いとこ》だ。おイネの母の姉が、朝吉の母。朝吉のほうがおイネより半年ほど早く生まれた。

むっとした顔の朝吉は、東築町《ひがしつきまち》にあるおイネの家の俵屋《たわらや》から袋町《ふくろまち》のおふくの家まで走ってきたらしい。顔と言わず首筋と言わず汗びっしょりで、俵屋の屋号が入った藍色《あい》のお仕着せが肌に張りついている。

「おイネ、なして手習いからまっすぐ帰ってこん？　何も言わずに遊びに行くなって、何べんも言いよるやろ」

いきなり突っかかってくるような朝吉の態度に、おイネもむっとする。

近頃はいつもこんなふうだ。顔を合わせるたびに、いらいらしてしまう。幼い頃の朝吉は、よく転ぶし泣き虫だし、いかにも頼りなかった。おイネが世話を焼いてあげれば、嬉しそうに笑っていた。あの頃の朝吉はかわいかったのに。

おふくが取り成した。

「ごめんね、朝吉っちゃん。うちがお願いしたと。これ、おイネちゃんに解いてみてほしかって」

朝吉は、おふくの手のひらの上にある九連環をちらりと見やった。

「九連環か。大人でも解けんとやろ。おイネに解けるもんか」

「何て？　ばかにせんでよ」

おイネは朝吉に詰め寄った。

小さかったはずの朝吉の背丈が、いつの間にか、おイネと同じくらいになっている。汗で濡れたせいで黒っぽく見える前髪は、本当は明るい茶色だ。くるくると丸まる癖があって、上等な鬢《びん》つけ油を使ってみてもまとまらない。

朝吉は、おイネの目をじっとにらんでいる。

黒とは呼べない色だ。青みを帯びている。藍色、と言い表す者もいる。

この目を見るたびに、鏡を見ているような心地になる。おイネの目も青い。いかにも異人の子でございい、と言わんばかりの目だ。

きっと朝吉も同じで、おイネのことを鏡写しの自分だと感じているのだろう。だから、お互いにいらだってしまう。

おイネも朝吉も、血のつながった父のことは、顔さえ覚えていない。二人とも同じ事情だ。おイネの父も朝吉の父も、出島にやって来た異人だった。

出島の異人は仕事のために長崎を訪れる。ずっと出島に住むことはできない。たいていは一年か二年でいなくなる。おイネの父は特別に六年ほど日ノ本にいたそうだが、それでも、おイネが物心つく前に海の向こうへ去っていった。

朝吉は、ぷいと顔を背けた。

「とにかく帰るぞ。ぐずぐずするなよ、おイネおい嬢さん」

おイネの返事を待たず、きびすを返して、さっさと歩きだす。わざと「お嬢さん」と言った朝吉の口調は意地悪だった。おイネは腹立たしくて唇を噛んだ。

朝吉は、おイネの家である回船問屋の俵屋で、丁稚《でっち》として働いている。店の掃除や使いっ走りなんかの仕事をこなしながら、手すきのときに番頭さんから読み書きやそろばんを教わっているのだ。

俵屋は大きな弁才船《べざいせん》を持っており、長州《ちょうしゅう》の馬関《ばかん》との商《あきな》いを請け負っている。長崎の回船問屋の中でも、いっとう羽振りがよい店だ。奉公人たちは三度の飯をたっぷり食べられるし、夜はちゃんと畳の上に布団を敷いて寝られる。

そんな立派な俵屋の主が、おイネの今の父だ。おイネは、家に帰れば「お嬢さん」と呼ばれ、大人たちにちやほやされる。朝吉も、もう少し丁寧な口を利く。

おイネはおふくに「また明日」と告げ、朝吉の後を追って駆けだした。振り向きもしない朝吉を追い越し、そのまま駆け続ける。

「おい、待てよ、おイネ！」

聞こえないふりをして、おイネは駆けていく。

夏が過ぎて秋に入っても、長崎の町はまだ暑い。三方をぐるりと山に囲まれているから、暑気も湿気もこもりやすいのだ。生ぬるい潮風がゆっくりと吹いて、湿った暑気をかき混ぜている。

おイネは、たちまち体じゅうから汗が噴き出した。

肩越しにちらりと後ろを見れば、しかめっ面の朝吉が遅れずに追ってくる。着物の裾《すそ》を端折《はしょ》っているから、走りやすそうだ。棒のように細かった脚が、今では形よく肉づいている。

ひょっとしたら、本当はもう、朝吉のほうがおイネより速く走れるのかもしれない。大人の男が、女よりも速く走れるのと同じように。

嫌だ。朝吉になんか、男の子になんか、負けたくない。

おイネは足を速める。小袖《こそで》の裾が乱れるのもかまわず、足を前に蹴り出す。

そうやって一目散に駆けていると、あっという間に俵屋にたどり着いた。袋町のおふくの家から東築町の川端通《かわばたどおり》にあるおイネの家まで、ほんの四町（約四百三十六メートル）ほどしか離れていないのだ。

勝手口から家に入ると、店の表のほうから、「お待たせして申し訳ございません」と謝る父、和三郎《わさぶろう》の声が聞こえてきた。どうも困り果てているようだ。

和三郎とは別の、張りのある男の声が聞こえてきた。

「俺はな、かの高名な鳴滝塾《なるたきじゅく》で筆頭の秀才とも呼ばれた、高野長英《たかのちょうえい》さまだぜ。ほら、ここに先生から授かったドクトルの証《あかし》だってある」

「ど、どくとる、とは？」

「ドクトルってのは、いわば、学問における免許皆伝を認められた猛者《もさ》のことだ。見ろ、確かに先生の字だろう？」

「ええと、こちらの横文字は……」

「何だ何だ、オランダ語はわからねえのかい」

「面目次第もございません。手前は職人上がりの船問屋でして、異国の言葉は一つも読めんとです」

「だめだ、話にならねえ。おおい、其扇《そのぎ》！　其扇はいねえのか？　なあ、其扇に会わせてくれよ。其扇もオランダ語はからっきしだったが、人の顔を覚えるのは得意だった。きっと俺のことも覚えてるはずだ」

おイネはどきりとした。

其扇というのは、母がかつて名乗っていた名だ。源氏名といって、遊女が使う名である。父とともに出島で暮らしていた頃、母は其扇と呼ばれる遊女だったのだ。

しかし今となっては、其扇という名で母のことを呼ぶ者はいない。俵屋の若々しくてか細く美しいおかみさんの名は、おたきだ。奉公人の中には、おたきが其扇と呼ばれていたことを知らない者さえいるだろう。

知らなくても無理はない。俵屋と出島をつなぐものは、ほとんどない。おたきも、かつて出島で暮らしていたことを消し去ろうとするかのように、日頃は少しもそんな話をしない。

俵屋の船が商う品は、唐土渡りの織物や書物、薬の類が多い。船の重りの代わりには、これまた唐土渡りの砂糖を積んでいる。

長崎での貿易といえばオランダを相手にするものが有名だが、その実、唐土との商いのほうが、はるかに実入りが大きいのだ。何せ、オランダ船は年に一度しか訪れないが、唐船は春から秋にかけて、入れ替わりながら何十艘もやって来る。

　俵屋はそうした唐船を商いの相手にしている。おふくの家のように唐料理を出す店も、そこのお得意さんである唐通事の家も、長崎にはたくさんある。オランダ通詞《つうじ》よりずっと数が多い。

　そんなわけだから、俵屋は、オランダやら出島やら蘭学《らんがく》やらといった事情に疎《うと》い。店先の客が鳴滝塾だ何だとわめくのを、俵屋の者は誰ひとりとして、どうにもできずにいる。

　困った客なら、びしっと言って追い払えばよいものを。しかし、俵屋は、主の和三郎を筆頭に、どうもお人好しばかりが揃っている。

　女中がお茶の盆を手にしたまま、奥と店の境でおろおろと立ち尽くしていた。お茶を淹《い》れてみたはいいが、客があんな様子なので、すっかり困っているのだ。

　おイネは女中に声を掛けた。

「あたしが行こうか」

「お嬢さん！　帰っとらしたとですか」

「朝吉に呼ばれて、今帰ってきたと」

水を向けると、朝吉は息を整えながら言った。

「おイネお嬢さんなら、あのお客さんのこと、どげんかできると思ったとです。オランダ語も少しはわかるし」

「わかるうちに入らんよ。名前が読めて、言葉ばいくつか知っとるだけ。朝吉だって、ちょっとは習ったろう？　なして自分で行かんと？」

「丁稚の小僧の出る幕じゃなかです。それに、おいは『先生』の子でもなか。今はおかみさんが店におんならんとやけん、ここは、おイネお嬢さんが行かんばならんでしょう」

正論だ。何だかくやしい。

「はいはい。朝古に言われんでも、あたしが行くってば」

女中の手からお盆を奪うようにして、おイネは店のほうに出た。

男が、上がり框《かまち》にどかりと腰掛けていた。立ち上がるまでもなく、背が高いことがわかる。五分ほど伸びた坊主頭だ。旅装だが、黒い紗《しゃ》でできた上着、十徳《じっとく》を羽織っている。

医者だ。

髪を剃《そ》って十徳をまとうというのは、医者のいでたちなのだ。

男の額には、そばかすが散っている。眼窩《がんか》のくぼみが深く、鼻筋の隆起はくっきりとして、ごつごつとした顔立ちだ。年の頃は三十の半ばくらいだろうか。口元やあごには、無精《ぶしょう》ひげが伸びている。

大きな目がぎょろりと動いて、おイネのほうを見た。そのまなざしにつられたように、和三郎や番頭、縮こまっている手代《てだい》もおイネに目を向けた。

おイネのすぐ後ろには朝吉がついてきている。だが、医者がじっと見据《みす》えているのはおイネだけだ。

医者が、大きな口で、にぃっと笑った。

「ほう、こいつぁ驚いた。おまえさん、あの小さかったおイネだろう。今、確か十二だな？　ずいぶんと背が伸びたもんだ」

「あたしのこと、知っとっと？」

「ああ、もちろん。見間違えようもない。シーボルト先生の面影《おもかげ》がある。その負けん気の強そうなふてぶてしい目つきなんか、そっくりだぜ」

いきなり失礼なことを言われている。和三郎も番頭も手代も、あせった顔をした。

けれど、朝吉はおイネの背後で、ぷっと噴き出した。

おイネもそうだった。ふてぶてしいなどと言われたのに、なぜだか嬉しくなったのだ。つい、にんまりと笑ってしまう。

「おじさん、シーボルト先生の弟子やったとって?」

「高野長英だ。おじさんじゃなくて、長英さんと呼びな」

「長英さん。医者なの?」

「おう、江戸で医者をやりながら、仲間とともに蘭学を追究している。十年ほど前にシーボルト先生から、ドクトルといって、一人前の学者であることを認める証書を授けていただいた。オランダ語で書かれているが、この署名、読めるか?」

長英が丁寧な手つきで広げたのは、装丁された書状らしきものだった。ごく細い筆で、横文字が書きつけられている。その字体にも、末尾に記された名にも、おイネは見覚えがあった。

「フィリップ・フランツ・フォン・シーボルト」

「コックト！」

長英が嬉しそうに声を上げた。

「コックト？」

「正しい答えだ、という意味さ。何だ、オランダ語は習っとらんのか」

「きちんとは習っとらん。アベブックで文字は覚えた。数のかぞえ方や、唄もちょっとだけ知っとるばってん」

アベブックは、オランダ語で書けば『AB boek』となる。オランダ語の「いろは」である「ABC」を学ぶための教本だ。

長英はおイネの言葉を聞いて、ぼりぼりとあごを掻《か》いた。

「ま、致し方ねえかな。あの騒動のせいで、シーボルト先生と親しく関わった学問仲間は日ノ本じゅうに散り散りになっちまった。お上も情がねえよな。シーボルト先生はおイネの学問の師をちゃんと任命していかれたってのに、そいつらまで長崎から追い払って、父が子を想う気持ちを台無しにしやがってよ」

俵屋の大人たちが、ひっ、と悲鳴を呑み込んだ。お上も情がない、などと長英が口にしたせいだ。

長崎は天領といって、江戸から遣わされたお役人が町を治める仕組みになっている。江戸のお役人を支えるのは長崎の地役人《じやくにん》だが、その数ははなはだ多い。オランダや唐土との商いが特殊なので、見張りの目がたくさん必要なのだ。

俵屋の川向かいである西浜町《にしはまのまち》には町年寄《まちどしより》の久松《ひさまつ》さまのお屋敷があって、きちんと刀を差して袴《はかま》をつけたお役人がいつだってうろうろしている。どこで誰が聞き耳を立て、その話がお役所に届いてしまうか、わかったものではない。

長英もかつて長崎にいたのなら、そのあたりの事情を知らないはずもないのに、ずいぶんと大胆だ。俵屋の大人たちが青ざめるのを横目に、ふんと鼻で笑うと、おイネが持ってきた茶を一気に飲み干した。うまそうに息をつく。

おイネは長英に尋ねた。

「この免許皆伝の書付ば持って、わざわざ母に会いに来たとですか？　母は今日、用事があって、銅座跡《どうざあと》の大伯父の家に行っとるばってん」

「いや、話が通じるんなら、誰でもよかった。だから、おイネ、おまえさんで十分ってことだ」

「そう。じゃあ、フィリップ・フランツ・フォン・シーボルトに認められたドクトルの、高野長英さん。俵屋に何の用事ですか？」

長英は前のめりになると、おイネをまっすぐ見据えて言った。

「シーボルト先生がつないだよしみってことで、頼みを聞いてくれ。宿がなくて困ってんだ。今日から五、六日ほど、俵屋に泊めちゃあくれねえかい？」

三

おイネは長英を客間に案内した。あっけにとられるばかりだった和三郎も、許しを求めるおイネの言葉には一応うなずいたから、問題ないだろう。

長英は荷を下ろすと、手ぬぐいで汗を拭った。

「まったく、相変わらず長崎は蒸し暑い。江戸も暑いが、もう一段、長崎のほうが蒸すよなあ。こればっかりはたまらん」

「まだお盆も来とりませんけん」

おイネは白湯《さゆ》を差し出した。長英は白湯を受け取って飲み干した。

「堅苦しい言葉遣いはやめていいぞ。子供にそういう口を利かれるのは、何だかむずがゆくなる。しかも、おまえさんは恩師のお嬢さんだ。本当は俺のほうこそ、丁寧な言葉を使うべきなんでございますよ、おイネお嬢さん」

「やめてよ。お嬢さんって言われるとは好かん。お互い、友達んごた口の利き方でよか？」

「承知した」

長英は、にやりと笑ってみせた。

「ねえ、長英さんって、年はいくつ？」

「三十五だ」

おイネは、えっと声を上げてしまった。確かに、初めて顔を見たときはそのくらいの年頃だと思ったが、話してみると印象が違う。妙に若く感じられるのは、ひょうひょうとした言葉遣いのせいだろうか。

朝吉が布団と蚊帳《かや》を運んできた。手伝ってほしいなどと言っていないのに、さっさと先回りをして仕事をしてしまうのだ。

長英はまじまじと朝吉の顔を見つめていたが、唐突に、ああ、と膝を打った。

「おまえさん、ビュルゲルの倅《せがれ》か！」

朝吉は、むっつりした顔でうなずいた。

「わかるとですか」

「おうよ。うつむいたときの横顔がな、机にかじりついて調薬や標本作りに精を出していたビュルゲルの野郎にそっくりなんだ」

「おいの横顔が？」

「横顔と、よく見りゃ、その髪もそうだな。きつく引っ張って髷《まげ》を結《ゆ》わねえと、くしゃくしゃに丸まって始末に負えんのだろう？」

朝吉はびくりと肩を強張《こわば》らせ、手で前髪を覆った。

「癖がひどか上に、色も、お天道《てんと》さまの下では茶色になって、おかしかとです。みっともなかけん、いっそ、丸坊主にしてしまいたか」

「見てくれにこだわるのかい。そういうところは、ビュルゲルとは違うな。ヨーロッパの男は髪を短くして、髷を結わねえもんだ。だから、癖のある髪はひどいことになる。ビュルゲルの髪は鳥の巣のようにこんがらかっていたが、やつは気にもしていなかった。ま、鳴滝塾には、ビュルゲルみたいなのも多かったな」

鳴滝塾というのは、医師シーボルトが出島の外に屋敷を買い、そこで開いていた蘭学塾だ。日ノ本じゅうから、学びたいと志す若者が集まり、競い合って知を身につけたという。

おイネは長英に尋ねた。

「ビュルゲルという人は、何ばしよった人？　やっぱり医者やったと？」

「いや、患者を診《み》ることはなかったな。ただ、シーボルト先生に指図されたおりに薬を作る役目を負っていた。いわば、薬師《くすし》だな」

「薬師？　オランダの薬ば作りよったと？」

「初めは蘭方《らんぽう》、つまりオランダ流の薬に秀でていたが、頭がよくて手先も器用でな、あっという間に漢方の薬にも精通していた。蘭方に必要なヨーロッパの薬種が手に入らないときは、日ノ本にある薬草や石で代用できるってのも、鳴滝塾の連中の手を借りながら、次々と突き止めていってな」

「へえ、すごか人やね」

長英は得意げにふんぞり返った。

「そうとも。すげえ人しか、シーボルト先生のまわりにはいなかった」

「ばってん、鳥の巣のごた頭やったと？」

「学問に熱中するあまり、自分の身なりなんぞ、かまっちゃいられなかったのさ。鳥の巣頭はビュルゲルだけじゃなかったぜ」

「ほかにもおったと？」

「すぱっと二手に分かれていたな。シーボルト先生は、ビュルゲルとはまったく逆だった。何に関しても突き詰めなけりゃ気が済まねえ人だから、身なりやおしゃれにもこだわっていたもんだ」

「長英さんは？」

「身なりには気を遣っているぞ。ま、今は旅塵《りょじん》にまみれて汗だくで、髪もひげもむさくるしいことになっちまっているが」

朝吉が口を挟んだ。

「井戸の水ば汲《く》んでおきましょうか。沐浴《もくよく》すれば、さっぱりするでしょう」

「そうだな。飲み屋にでも繰り出す前にさっぱりしておきたいが、水くらい自分で汲むさ。おまえさん、かしこまるなよ。確か、朝吉って名だったな」

「へい」

「おっかさんは元気か？　千歳《ちとせ》という源氏名の遊女だっただろう？」

朝吉は淡々と応じた。

「母は、おいが五つの頃に亡くなりました。出島におった頃から、体が弱っとったそうです」

長英は少し目を見張ったが、動揺は見せなかった。いっそのんびりしているくらいの口ぶりで続けた。

「そうだったか。すまんな。ビュルゲルが千歳のために麹屋町《こうじやまち》に屋敷を買ってやっていたが、あの屋敷も手放すことになったのか？」

「だと思います。そげんして父が残してくれた財もあったし、おイネのおかしゃまが母代わりになってくれたけん、暮らしに困ったことはありません。早う独り立ちしたくて、おいのほうから頼んで丁稚にしてもらっとるだけで、親がおらんせいで働かされとるわけじゃなかです」

朝吉は早口で言い募った。おイネの従兄でありながら丁稚として働いていることを、変なふうに勘繰《かんぐ》りたがる者もいるのだ。

なるほどねえ、とあいづちを打った長英に、朝吉は首をかしげて問うた。

「長英さんは、おいの母のことも知っとらすとですね。おイネの二親《ふたおや》は有名ばってん、おいの母なんて、知っとる人はあんまりおらんとに」

「いや、そんなことはねえだろ。出島に出入りする遊女、いわゆるオランダ行きの遊女ってのは、そもそも有名だからな。昔は千歳の姿絵だって出回っていたぞ」

「え？　なして、姿絵なんて……」

「オランダ行きの遊女のことは、皆が知りたがる。長崎のまちなかを歩く姿に飽き足らず、出島の中での様子さえ、出島に出入りできる通詞や絵師に根掘り葉掘り尋ねて探る。姿絵は、長崎みやげとしても人気が出る」

「長崎みやげとして、日ノ本じゅうに知れ渡るとですか……」

「そうとも。遊女その人だけでなく、その相手のオランダ人の素性《すじょう》や、生まれた子供のことまで、うわさはどんどん尾ひれをつけながら広まっていく。おまえさんも心当たりはあるだろう？」

　朝吉はまなざしを伏せた。

「人目には、ずっと、さらされてきました」

　ほんの幼子の頃の朝吉は、いかにも異人の血を引いているとわかる姿をしていた。髪や目の色がいくらか濃くなって、まだしも目立ちにくくなったのは、十を数える頃だっただろうか。

　だが、まさしく十の頃に、朝吉は「異人の子」とからかわれることに耐えかねて、手習所をやめた。代わりに丁稚奉公《でっちぼうこう》を始め、髪や目のことでからかわない大人たちの中で過ごすようになって、朝吉は落ち着いた。

　その点、おイネはいつまで経っても、あからさまに「異人の子」だ。

　日の光の下で稲穂の色に輝いてしまう髪は、しなやかすぎて扱いにくい。女の子らしく桃割れなんかに結ったら、丸くふくらませた髷が人目をひきすぎる。だから、髪はできるだけそっけなくひっつめて、ぎゅっと小さな団子にしている。

　もっと小さい頃は、こんな色の髪が嫌でたまらなかった。我慢ならなくなって、髪に墨《すみ》を塗りたくったことさえある。墨が着物についたら黒いしみが落ちなくなるのに、おイネの髪は黒く染まらなかった。

そんなばかばかしいことをしでかすと、翌日には長崎じゅうにうわさが広まってしまう。長崎は小さな町で、誰もが親戚みたいなものだ。だからうわさが広まるのも早い。「異人の子」のうわさなら、なおさら早い。

だが、おイネには朝吉と違うところがある。「異人の子」と囃《はや》し立てられても、「やけん何ね?」と言い返せるのだ。

だって、おイネは何だってできるのだから。手習所で毎月おこなわれる天神講の試験では、いつも一番だ。腕っぷしや駆け比べ、木登りに水練だって、そんじょそこらの男の子には負けない。

おイネは、黙ってしまった朝吉の前に出た。

「長英さんは、あたしのおとしゃまのこともよう知っとると?」

「おう、もちろんだとも」

「それじゃ、フィリップ・フランツ・フォン・シーボルトって、どげん人やった?」

試すような心地で問うた。

たびたび、おイネは「シーボルト先生の世話になった」という人と話をする。多くの場合、シーボルトの診療を受けた人だ。

そうした人々は、シーボルトは偉大な医者だった、と口を揃える。まるで神さまを崇《あが》めるかのように、偉大だ、立派だと繰り返す。例外はない。

しかし、もし本当に偉大で立派な人だったのなら、なぜあんな騒動を起こしたのだろう？　たくさんの人が罰《ばつ》を受けることになった、あんなひどい騒動を。

騒動以来、長崎は学問の町ではなくなってしまった。多くの学者が長崎を追われ、通詞が蘭学や医学を修めることもなくなったためだ。そのとばっちりで、おイネはオランダ語をきちんと教わることができずにいる。

もしも長英がほかの大人たちと同じで、シーボルトのことを偉大な医者だと持ち上げるばかりなら、そこまでだ。ほかに行くあてがないようだから宿を貸してあげていいけれど、おイネはもう長英と話さない。

だが、もしも長英がほかの誰とも違う話をしてくれるのなら、おイネは聞いてみたかった。偉大な医者でも、ひどい騒動を起こした厄介者《やっかいもの》でもない、シーボルトという人の正直な姿を、少しでいいから知りたかった。

長英は、おイネの胸の内を見透かしたかのように、にんまりと笑った。

「つまらねえ話は聞かんぞって顔だな」

「だって、大人はみんな、シーボルトっていう人について、当たり障《さわ》りのないか話しか聞かせてくれん。あたしが知りたかとは、そげん話じゃなか」

「いいねえ、その目だよ。俺が初めて長崎を訪れ、鳴滝塾に押しかけたとき、シーボルト先生もそんな目をして俺を見た。二十二の若造だった俺は、頭の出来が抜群にいいっていう自信があったんでな、堂々とシーボルト先生を見つめ返した」

「それで？」

「とんでもねえお人だと思ったのは、シーボルト先生の顔にたくさんの古傷があったからさ。刀傷だった。武器を手にした敵のほうへ向かっていったときにできるその傷を、武士は向こう傷と呼んで、誉《ほま》れ高いものとするんだ」

おイネは驚いた。絵の中のシーボルトは、顔に傷など描かれていない。母からも、そんな話は聞いたことがない。

「なして顔に向こう傷があったと？」

「俺もそれをシーボルト先生に尋ねた。ヨーロッパにも武士がいるのか、とな。向こう傷だけじゃなく、身のこなしも剣術の素人とは違う気がしたからさ。俺もこう見えて、生まれ育ちは武士で、当時はまだ二本の刀を差していた」

おイネは首をかしげた。

「おとしゃまも……シーボルトも、武士やったと？」

「それはな、半分は『ヤー』で、半分は『ネイ』だ」

「ヤー《はい》とネイ《いいえ》が半分ずつ？」

「そう。少しはオランダ語がわかるんだな」

「このくらいはね。ちょっとだけなら教えてくれる人がおって、一緒にアベブックば読んだけん。それで、半分ずつってどういう意味？」

長英は、いくらかもったいぶったような口ぶりで答えた。

「日ノ本では、生まれながらに、武士かそうでないかが決まっている。生まれについて言うなら、シーボルト先生は医者だった。父さんも伯父さんも祖父《じい》さんも、その町では知らぬ者がいないほどの、腕の立つ医者だったそうだ」

「それなのに、武士でもあったと？」

「三百年くらい前の日ノ本が戦続《いくさ》きの世だったことは知ってるだろう？」

「戦国時代やね。三百年前なら、織田信長《おだのぶなが》が子供やった頃」

「そうだな。その頃は、百姓だろうが漁師だろうが、武器を手にすれば軍に加わって戦うもんだった」

「豊臣秀吉《とよとみひでよし》も百姓から身を立てて、織田軍の中で出世して、最後には天下人になった」

「そんなふうに、今のヨーロッパでも、自分の考えや家の都合で軍に入ることがあるらしい。身分の縛りが今の日ノ本ほど厳しくないのさ。だから、シーボルト先生は医者でありつつ、立身出世を志してオランダ軍に属していた」

ほう、と、おイネは感嘆の息をついた。朝吉も同じように、へえと声を上げ、藍色の目を丸く見開いて長英の話に聞き入っている。

しかしな、と長英は身を乗り出して続けた。

「シーボルト先生の顔の向こう傷は、戦に出たせいじゃあなかった。ユニバシテットと呼ばれる大きな学問所に通っていた頃、いろいろあって、何度も果たし合いをしたらしいんだ」

「果たし合い？　刀で斬《き》り合ったと？」

長英は身振り手振りを交えて答えた。

「ヨーロッパ式の刀をサーベルという。シーボルト先生は、片手持ちのまっすぐなサーベルを使っておられたらしい。そいつを使った、こう、突きを中心にする剣術があるんだ。興味が湧いたんで、稽古をつけてもらったことがある」

「どうやった？　日ノ本の剣術と違うと？」

「両手持ちの刀とは、突きの伸び方がまるで違う。迫力があったぞ。シーボルト先生は、顔にも右腕にも、剣術勝負でできた傷がたくさん残っていた。それを誇《ほこ》らしげに語ってくれてな。大した人だと思ったよ」

おイネと朝吉は顔を見合わせた。朝吉がにんまりと笑った。

「なるほど、ようわかった。おイネの向こうっ気の強さは、父親似たい」

そう言われて、悪い気はしなかった。むしろ、おもしろいと思った。くすぐったい気持ちにもなった。

父に似ていると言われて、初めて、嬉しいと感じることができたのだ。

「そっか。おとしゃまの顔には、向こう傷があったと」

「威勢のいい人だった。俺もこのとおり、自分がすげえ男だってことは正直に口にするが、シーボルト先生はそれ以上だったよ。ま、そのくらい威勢がいいんじゃなきゃ、命を張って海に出て、はるばる日ノ本までやって来ないさ」

こんがらがった糸がほぐれていくように感じる。長英の言葉の一つひとつが腑《ふ》に落ちた。

シーボルト先生は偉大な医者だった、と称《たた》える人々は、その医者があたかも菩薩《ぼさつ》のごとく威厳と慈愛に満ちていたかのように語るのだ。そんなはずはないだろうと、おイネは感じていた。何かが噛み合わないと思っていた。

長英はいたずらっ子のような顔で、おイネに問うた。

「どうだい、おイネ。俺は、おまえさんの目にかなったか?」

おイネは少しくやしいような気がした。何もかも見透かされているみたいだ。でも、素直にうなずいた。

「あたしの知らんおとしゃまのこと、教えてくれてありがとう。ばってん、知りたかことは、まだまだある。おとしゃまのことも、鳴滝塾のことも。長英さんが長崎におる間、話して。そしたら、あたしも長英さんの手伝いばするけん」

「ほう、手伝ってくれるか」

「江戸からわざわざ長崎まで、一か月ぐらいかけて旅してきたとでしょ？　大事な用事があるとじゃなかと？　あたし、長崎の町のことは詳しかよ。案内でも何でもできる」

長英は、すぐにはうなずかなかった。笑みを消して、じっと宙を見つめる。ごつごつとした顔つきは、真剣な色を浮かべると、妙に取っつきにくく感じられた。

おイネは待った。

やがて長英は、よし、と言って膝を打った。

「そうしよう。おイネに手伝ってもらうぞ。なに、難しいことはねえ。俺と一緒に人を訪ね回るだけさ。そうすりゃあ、俺の用事も片づくし、おイネの知りたいことも知れる。一石二鳥ってもんじゃねえか」

「あたしの知りたかことって、おとしゃまのことよね？」

「ああ。長崎の町じゃあ、まだ表立ってあの騒動のことに触れられねえんだろ。だから、おイネはシーボルト先生の本当の姿を知る連中と会えずにいる。ほんの幼子だったおイネには何の関わりもないのに、知りてえことから遠ざけられてる」

おイネはぎゅっとこぶしを握った。

「あたしは、おとしゃまのことば知りたか。オランダ語ば習いたか。ばってん、そげん言ったら、大人は困った顔ばする。あたしは黙るしかなかと」

「腹が立つだろ？　くそくらえってもんだよなあ」

「オランダ語だけじゃなか。おとしゃまは、日ノ本の医者とは全然違うことができたとやろ？　あたしは、その医術についても知りたか。学んでみたか。ばってん、そげん望みば人に言ったら、女の子のくせにおかしかって言われる。なして女の子が医術ば学んだらいけんと？　あたしは、何でん知りたかとに」

素直な思いを吐き出すと、長英は楽しそうに声を上げて笑った。

「おう、威勢がいいな。その意気だ。よし、わかった。俺が長崎にいる間、おイネ、おまえさんの師匠になってやろう。知りたいことを教えてやる」

「ほんと?」

「この高野長英に二言はない!」

おイネは、得意げに笑う長英につられて、笑ってしまった。朝吉だけが困惑げに眉《まゆ》をひそめている。

長英さんって、おもしろか人。

おイネは、長英さんとはよか友達になれそうだ、と思った。

四

長崎の夕日は稲佐山《いなさやま》のほうに沈んでいく。山のどのあたりに日が落ちるかは、季節によって少しずつ移り変わる。

七月初旬の今の時季は、俵屋のある東築町から見れば、稲佐山のちょうど山頂付近が夕日の宿所だ。稜線が橙色に染まっている。

稲佐の山中には、豚を飼っている牧がある。出島のオランダ料理にも、唐人《とうじん》屋敷《やしき》や市中の唐料理屋、唐通事の家の台所でも、豚の肉は欠かせない。奉行所《ぶぎょうしょ》の置かれた立山《たてやま》にも豚の牧はあるが、稲佐の牧のほうが大きいとも聞く。

こうして毎日のように眺めているのに、おイネは稲佐のほうへ行ったことがない。長崎湊の深い入り江の対岸だから、渡し舟に乗ったらすぐの場所だ。

あちらから見れば、夕暮れ時の長崎の様子は、どんなふうだろう？　家々の明かりのともる夜の頃には、地上に星が散らばっているかのように見えるのだろうか。

稲佐山とは逆のほうを振り向いて仰げば、風頭山《かざがしらやま》の上空は、涼しげに澄んだ夜の入り口の色をしている。

そんな黄昏《たそがれ》の頃合いに、母のおたきは俵屋へ戻ってきた。

長英が客間に上がり込んでいることを知ると、おたきは長いまつげをぱちぱちとしばたたいた。

「えっ、鳴滝塾におった人？　なして急に長崎にいらしたと？」

おたきは途方に暮れたように、か細くつぶやいた。

きびきびとした商売気質《かたぎ》のおなごが多い長崎には珍しく、おたきはどこか頼りなげだ。誰かが守ってやらねば、風に吹かれただけで壊れてしまいそうに見える。

変わってねえなあ、と長英がこぼすのを、おイネは聞いた。

おたきは愁眉《しゅうび》を開かなかったが、長英を俵屋に泊めることにはうなずかざるをえないようだった。夫の和三郎や番頭らに長英の世話を頼みながら、珍しい人の名を口にしてもいた。

「フィリップさまとの約束ですけん。鳴滝で学んだ人にはよくしてやってほしか、と言われとっとです。よろしくお頼み申します」

かの高名なシーボルトの願いを託されているとあっては、いささか厄介な客が相手でも、邪険にできようはずもない。

長英のことがひと区切りすると、おたきはおイネを呼んだ。

おたきが取り成すような笑みを浮かべているのを見て、おイネは嫌な感じがした。おイネにとって気が進まないことを口にするとき、おたきはいつもこんな顔をして、猫撫で声を出すのだ。

案の定、おたきは常日頃よりもなお甘い声音でおイネに言った。

「今年も、お盆には楠本《くすもと》のおうちに親戚が集まるとよ。おかしゃまは今日、お祖母《ばあ》しゃまたちと、お盆のことば話してきたと。善次郎《ぜんじろう》叔父しゃまが、おイネの三味線《しゃみせん》ば聴きたかって言いよらしたよ。みんなの前で弾いて、歌ってくれんね」

ほら、やっぱりそうだ。

善次郎叔父しゃまというのは、おたきの弟だ。日頃は楠本の家のこんにゃく屋ではなく、俵屋のような商家で番頭を務めている。こんにゃく屋を継ぐつもりはないらしい。楠本の家や祖母のことは、主におたきが面倒を見ている。

おイネは言った。

「どげんしても、三味線、弾かんばならんと？」

「なして嫌そうな顔ばするとね？　おイネは三味線でん何でん上手たい。ね、お祖母しゃまや叔父しゃまたちに聴かせてくれんね。年に何べんも集まれるわけじゃなかとやけん」

楠本の親戚に悪い人はいない。嫌いな人もいない。だが、楠本の家で親戚が集まる席は、好きではない。

「おさだ叔母しゃまも来ると？」

「来るはすよ。会いたかでしょう？」

違う。逆だ。おたきの末の妹であるおさだのことは、嫌いではないが、いちばん苦手だ。

叔母は、日頃は丸山《まるやま》の引田屋《ひけたや》で遊女奉公をしている。お盆や正月にはたいてい楠本の家に顔を出し、そのたびにおイネに新しい着物や帯、髪飾りをくれる。さらには、器用な手先で髪を結い直し、化粧までしてくれる。

そうやっておイネが人形のようにかわいらしく装っていれば、親戚は皆、満足そうににこにこして、「よう似合っとる」と誉めそやす。

似合うもんか、と正直なことを口にするのは、おイネ自身と朝吉だけだ。

きれいな格好をして、十二の女の子らしく三味線の稽古の出来を皆の前で披《ひ》露《ろう》して、おイネはいつもかわいらしかとか、いや大人びてきれいになってきたばいとか、酔っ払った親戚の浮ついた誉め言葉を聞かされる。

そんな場の居心地など、悪いに決まっている。

「三味線は嫌。唄も、近頃は稽古しとらんし」

ふてくされた声音は、情けないほど子供じみていた。

おたきは叱らない。困ったような顔で笑い、おイネの機嫌を取ろうとする。

「おかしゃまと一緒にお稽古しようか。お盆まで、まだ日があるたい。おイネは器用やけん、お稽古の遅れもすぐ取り戻せるばい。ね？」

「心の入っとらん三味線や唄は、だめとでしょう？　あたしは弾きとうなかと」

「待って、おイネ。そげんこと言わんで」

「おさだ叔母しゃまが選ぶ着物や帯は、色も模様も娘らしくてかわいかばってん、あたしの好いた色や模様じゃなか。なのに、似合うとるってみんなが言うけん、お盆の間ずっと着とらんばならん。あれが嫌。あたしは、好きな着物ば着たか」

「おイネ、やめて。おかしゃまば困らせんでよ。ね？」

おたきのか弱い声を聞いていると、だんだん自分が悪者のような気がしてくる。

ここでおイネが折れれば丸く収まると、本当はわかっている。

きっと、こんな些細《ささい》なことで反発してしまうおイネがおかしいのだ。女の子に生まれついたのなら、きれいな着物をもらうことも、三味線が上手だと誉められることも、喜べるはずなのに。

おイネは、口から出任せに言った。

「明日から長英さんの仕事ば手伝うことになっとるけん、三味線と唄の稽古はできん」

「あら、長英さんの……」

おたきが戸惑い交じりに言葉を呑んだ。

なるほど、と、おイネは気がついた。長英のような、シーボルトにゆかりのある人の存在は、おたきの弱みだ。シーボルトのこととなると、おたきは黙るしかない。許しを出さざるをえなくなる。

おたきは今でもシーボルトのことを大切に思っている。それは恩人に対する感謝の念だ。

シーボルトが長崎で暮らしていたとき、おたきはたいそうぜいたくをさせてもらったらしい。シーボルトが長崎を離れるときも、おたきが今後の暮らしに困らないようにと、いくらかの財を残してもらった。

その一方で、おたきはシーボルトが成した仕事について、何もわかっていない。腕のよい医者であったと繰り返すわりに、医者の腕とはどういうものかを言葉にできない。鳴滝塾に集った学者たちの顔と名前と生まれ在所は覚えていても、シーボルトのもとで何の学びを深めていたのか、とんと理解していない。

おイネはその点、ほんの少しだが、鳴滝塾の学問のことがわかる。鳴滝塾から巣立っていった日ノ本各地の医者や学者が、シーボルトの望みのとおり、おイネのためにオランダ語の初学の教本を送ってくれた。おイネが望めば、漢詩の本や草木の図鑑も、注をつけて送ってくれた。

確かに小難しい本ばかりだった。だが、おイネが一つも理解していないなどとおたきが思っているのなら、大間違いだ。

おイネは言葉を重ねた。

「長英さんは江戸で医者ばしながら、オランダ語で書かれた学問の本ば読んで、和語にして人に教えようらすとって。江戸でも蘭学の本は手に入るらしか。ばってん、やっぱり長崎じゃなからんば手に入らん本もあるとって」

「それじゃあ、蘭学の調べ物のために、長崎にいらしたと?」

おイネは慎重にうなずいた。おたきは妙に鋭くて、じっと相手を見つめるうちに嘘を見破ってしまうことがある。

「長英さんは、鳴滝塾の仲間が長崎に残っとらんけん、泊まる先にも困って俵屋ば訪ねてこらしたとよ。あたしは鳴滝塾のことは一つも覚えとらんばってん、長英さんの力になりたか。おとしゃまの代わりにね。おとしゃまが長崎におったら、きっと、そげんしたでしょう?」

おたきは答えに窮《きゅう》した。

「そうねえ……おとしゃまなら、ええ……」

やはりそうだ。おたきは、シーボルトのことに触れられると弱い。気まずそうな顔をして、ため息をつく。

「やけん、おかしゃま。あたし、長英さんの仕事ば手伝うと。蘭学の仕事の手伝いやもん、誰でもできるわけじゃなかとよ。オランダ語、あたしと朝吉しか読めんでしょ? 三味線や唄の稽古のだんじゃなかと」

おイネは話を切り上げて、さっときびすを返した。

おたきのお小言は追いかけてこない。今日のところは、おイネの勝ちだ。

長英は、布団も敷かず蚊帳も吊《つ》らず、畳の上にひっくり返っていた。おイネが顔をのぞかせると、少し意地悪そうに、にやりと笑った。

「見事な跳ねっかえりだな。おっかさんをあまり困らせるもんじゃねえだろう。孝行できるうちに孝行しとくもんだぞ」

おイネは唇をとがらせた。

「聞こえとったと？」

「そりゃな。おまえさん、声がいい。ま、血筋だな。シーボルト先生に似ても其扇に似ても、よく通る声になるだろうよ」

「あたし、自分の声は好かん」

「もったいねえことを言うな。聴かせる声ってのは、大事だぜ。客の前で歌う遊女だけじゃあねえ。医者にとってもだ」

「医者も声が大事かと？」

「おうよ。どうでもいい話は、右の耳から左の耳へ抜けていっちまうだろう？

だが、聴かせる声の持ち主はそれを許さねえ。どれほどつまらねえ話、難しい話でも、なぜか相手にしっかり聴かせちまう。人に養生《ようじょう》の大切さを説く医者は、聴かせる声であるほうが、仕事がすんなり進むってもんだ」

滔々《とうとう》と語る長英もまた、聴かせる声の持ち主といえそうだ。

おイネは何となく咳払《せきばら》いをして、喉の調子を整えた。

「話が聞こえとったなら、長英さん、明日から仕事ば手伝わせてもらうけんね」

「三味線の稽古はいいのかい？　親戚の集まりは、ないがしろにしちゃならんと思うがな」

「お墓参りには行くよ。それだけで十分って思う」

「そんなもんかねえ？　しかし、唄や三味線の何が嫌いなんだ？　下手くそだからってわけでもないようだが」

「長崎の女の子は、唄や三味線や踊りができて、上手にお酌《しゃく》ができて、お茶やお花が得意なら、それでよかとって。読み書きは、ひらがなで手紙が書ければよか。そろばんはせんでもよか。学問なんかもってのほか。オランダ通詞の娘でも唐通事の娘でも、オランダ語や唐話は知らんでよか。そげん言われる」

おイネは一息入れる。長英は、まあな、と曖昧《あいまい》なあいづちを打った。おイネは続けた。

「なして女の子は学問ば選べんと？　オランダ語じゃなくて三味線の稽古ばせんばならんと？　医術や学問の修業じゃなくて花嫁修業しか許されんと？　親戚のみんなの前で、きれいか着物で三味線ば弾かんばならんとき、あたしは一つも納得できんまま、人形にされたごと感じると」

長英は苦笑した。

「自分の十二の頃を見せられてるみたいだ」

「長英さんは男でしょ？　人形にされずにすむたい」

「そうでもねえぞ。鎧武者《よろいむしゃ》の格好をした五月人形だってあるだろ。俺は武家の男児だったからな。お家を継ぐ男児はかくあらねばならん、と窮屈に育てられたもんさ」

「そっか。武家の男の子も窮屈かと」

「ああ。しかし結局、俺は辛抱《しんぼう》できなくなってな。医者になりたいという望みもあったし、ほとんど家出同然に故郷を発《た》って、江戸で医術修業を始めたんだ」

おイネは目を丸くした。家出をしたことがある、という大人に、初めて出会ったのだ。

長英は、おイネのびっくり顔がおもしろかったようで、声を立てて笑った。

そういえば、武士は歯を見せて笑うものではない、というのを聞いたことがある。礼儀作法を守るために笑うことさえ禁じられてしまうなら、確かに武士は窮屈だ。家出したくなるのもうなずける。

おイネは、思い余って問うてみた。

「ねえ、長英さん。もしも鳴滝塾が今もあったら、あたしにオランダ語ば教えてくれる人はおったかな？　オランダ語じゃなくて三味線ば稽古せろって言われるかな？　おとしゃまやったら何て言うと思う？」

長英は、無精ひげだらけのあごをざらざらと撫でながら答えた。

「鳴滝塾が今もあったら、どうだろうな。おまえさんが望む答えはむろんわかっているが、シーボルト先生の門下にもいろんな連中がいたんでな。俺が勝手に、鳴滝塾ならこうだったはずだ、なんて言い切ることはできねえ。だが、おイネよ。鳴滝塾の門弟のうち、おまえさんに書物を贈った連中もいただろう？」

「二宮敬作《にのみやけいさく》先生と高良斎《こうりょうさい》先生。敬作先生はよく手紙ば送ってくれて、その中で必ず漢詩ば教えてくれると。良斎先生は、初めに学ぶ医書ならこれがよかって、『傷寒論《しょうかんろん》』の読み解きの教本ば紹介してくれたことがある。ただ、あたしが学ぶにはまだ早かけん、おあずけにされた」

長英は懐かしそうに目を細めた。

「あの二人は、鳴滝塾でも屈指の律義者《りちぎもの》だったもんな。だから、シーボルト先生が二人におイネの学問の師になってほしいと託したんだ。もしおイネが学びたいと望んだときは、どんなことであれ教えてやれ、とな」

「長崎では、女の子は学ばんでもよかって言う人も多かとに。敬作先生や良斎先生は、長崎の外の人やけん、そげんしてくれるとかな？」

「いや、日ノ本じゅうどこであっても、おなごが学問なんぞするもんではないと言われるだろうな。敬作や良斎の頭が柔らかいってわけでもない気がする。ただ、鳴滝塾ってところが、あまりにも日ノ本の枠の外にあったからな」

鳴滝塾は、長崎の町外れに置かれていた。東の山手の登り口だ。

むろん、長英が言いたいのは、鳴滝塾の場所のことではない。鳴滝塾のあり方そのものが、日ノ本における「当たり前」の枠の外にあった。そういう意味だ。

長英は続けた。

「鳴滝塾では、当たり前だと思ってることが通じなかったのさ。俺は自分が日ノ本一の頭の持ち主だと思っていたが、どっこい、切り口を変えりゃあ、俺より優れたやつがほかにもいた。あの当時はたいそう驚いたもんだ」

「そんなにすごか人たちの集まりやったと？」

「ああ、凄《すさ》まじかったぜ。たとえば、俺はシーボルト先生の門下でいちばんオランダ語の読み書きに優れていた。だが、外科手術の技の冴《さ》えとなると、俺じゃあなかったんだよな」

「誰が上手やったと？　おとしゃま？」

「それも違う。確かにシーボルト先生も手先の技に優れていたが、それを超えていく者がいた。幾人もだ。だから、シーボルト先生にとっても、鳴滝塾ってのは、自分の持っている枠の外のものだったはずだ」

「師匠ば超えていく人もおったと。ばってん、それも受け入れられとったとね」

感心したおイネは、ほう、と息をついた。

長英は試すような口ぶりで言った。

「おイネはどうだ？　手先は器用か？　おなごらしくするのが嫌いなようだが、針仕事は？」

「できるよ。針仕事でも三味線でもお花でも、とにかく何でも、教わったことはうまくできる。手先は器用って言われるし、できるごとなるまで稽古するもん」

長英は、衣桁《いこう》に引っかけていた十徳を手に取った。生地は黒い紗で、向こうが透けて見えるくらい薄い。きっと上等な品だ。

「おイネ、おまえさん、おなごらしい着物やかわいい髪飾りも、やっぱり嫌いか？」

「好かん。似合うって言われるばってん、別に好かんと。それに、汚したらならん格好は嫌い」

ふむ、と長英はうなった。

「実のところ、泊めてもらう礼を一つもしねえのは心苦しいんで、明日にでもおまえさんに着物か髪飾りを買ってやろうと思っていたんだが、気が変わった。おまえさん、鳴滝塾の仲間になりてえかい？」

「なりたか。なれると？」

「いや、もうこの世にない鳴滝塾の仲間に加えることはできねえが。格好だけでも、俺たちに近づいてみるかい？」

「格好って？」

長英はおイネに十徳を突き出すと、にやりと笑った。

「おイネ、こいつをおまえさんにやろう。医者が着る十徳だ。むろん、俺の寸《すん》法《ぽう》で仕立ててあるから、おまえさんにゃあ大きすぎる。そこでだ。うまくこいつを縫《ぬ》い縮めて、着られるようにしてみな」

恐る恐る受け取ってみた。とても軽い。さらさらした手ざわりだ。

「もらってよかと？」

「やるって言ってんだよ。俺の着るぶんは、もう一枚、持ってきてるんでな」

「ばってん、縫ってしまって、本当によかと？」

「おう、好きにしな。ただし、薄い紗は縫いにくいぞ。うまくやらなけりゃ破れちまう。だが、オランダ流医術の外科《げか》手術は、もっと縫いにくいものを縫う。人の体ってのは、布が相手の針仕事より、よほど難しい」

おイネは十徳を胸に抱きしめた。その胸は、わくわくと弾んでいる。

「わかった！　あたし、十徳ば自分の寸法に合わせて縫ってみる。うまくやってみせるけん！」

「楽しみにしてるぞ」

長英はのそりと立ち上がり、あくびをしながら蚊帳を吊り始めた。長旅の疲れが出て、もう寝ようというのだ。

おイネは目が冴えていた。

「じゃあ、長英さん、明日ね。あたし、ついていくけんね」

長英に念を押して、客間を辞した。

第二話　鳴滝塾と思い出の人

一

その晩、おイネは夜更かしをした。

針仕事の道具を並べると、長英にもらった十徳を丁寧に畳の上に広げた。その上に、今のおイネにぴったりの寸法の着物を重ねてみる。

「やっぱり、長英さんの十徳はふとか」

長崎の言葉で「ふとか」というのは、大きいという意味だ。長英自身が「ふとか」人なので、十徳もそのぶん大きい。幅の広さも丈の長さも袖《そで》の太さも、けた違いだ。

こんな大きな十徳をおイネがそのまま羽織ってみたところで、格好がつくはずもない。

だから、まずは針仕事だ。

「肩上げくらい、簡単やもんね」

着物の肩のところを折り返して縫い縮め、裄《ゆき》をちょうどよい寸法に整えることを、肩上げという。

そもそも子供の着物は、「これがちょうどよくなるまで、すくすくと育ちますように」という願いを込めて、本人の体よりずっと大きく仕立てるものだ。おイネの長持《ながもち》の中に入っている着物も、すべて肩上げをしてある。

去年から、おイネは、自分のための針仕事は自分でやっている。ほつれたところを繕《つくろ》ったり、肩上げをやり直したりするのは、おイネにとって楽しい。手先を使って何かを作る仕事は、わくわくする。

しかし、おイネが針仕事をすると、おたきは無邪気に「こん子も女の子らしゅうなった」と喜ぶ。それだけは何ともむずがゆくて、つい顔をしかめたくなる。

女の子は単衣《ひとえ》の着物を縫えたら一人前、といわれている。単衣は裏地のつかない着物で、仲夏《ちゅうか》五月五日の衣替《ころもが》えから中秋八月の終わりまで着るものとされている。蒸し暑い長崎では、もう少し長い間、単衣を着る者も多いだろう。おイネはもう、単衣や浴衣《ゆかた》を縫うことができる。裏地のついた袷《あわせ》の縫い方も教わっているので、今年、秋になったら挑戦するつもりだ。

だからと言って、おまえはもう一人前の女だ、などと認められても困るけれど。

おイネは、女の子らしいから針仕事ができるわけではない。手先を使う仕事なら、何でもいいのだ。男の子の遊びと言われるハタ揚げの、ハタに使う竹ひごを小刀で削って作るのも、同じ年頃の男の子たちよりうんと上手にできる。

おイネの手先が器用なことと、ものづくりが好きなことは、今の父である和三郎がいちばんよくわかってくれている。

和三郎はもともと鼈甲細工《べっこうざいく》の職人だった。回船問屋の俵屋は和三郎の兄が継いでいたのだが、病を得て若死にしてしまい、和三郎にお鉢が回ってきたのだ。

俵屋の主となった和三郎は、鼈甲細工をすっぱりと辞めてしまった。その代わり、時たま木切れを彫って、観音《かんのん》さまをかたどった根付《ねつけ》を作っている。根付は、男向けの帯飾りだ。財布や薬入れなどを吊るすための道具でもある。

和三郎の彫り物の技は素晴らしい。小刀だけを使って、まるで手妻《てづま》のように、あるいは本物の仙術のように、木切れの姿を作り変えていく。

ほんの幼い頃、おイネは、和三郎の手が観音さまを少しずつ削り出していくさまを見るのが好きだった。おイネが少し大きくなると、和三郎はおたきに内緒で、おイネに木彫りの技を教えてくれるようになった。

おイネが和三郎に習いながら初めて彫ったのは、小さなお地蔵《じぞう》さまだ。つるりとした姿のお地蔵さまは、観音さまを彫るほどには難しくない。とはいえ失敗などしたくなかったので、おイネは、それはそれは丁寧にお地蔵さまを仕上げた。

気が遠くなるほどの時をかけて彫ったお地蔵さまを、おイネは和三郎に贈った。和三郎はたいそう気に入ってくれて、おイネのお地蔵さまを根付にすると、すぐさま帯につけてくれた。

「そうたい、おとしゃまは少し変わっとらす。彫り物細工の職人は男の人ばっかりとに、あたしが『やってみたか』って言ったら、やらせてくれた。『おイネが男の子やったら』とも言わっさん」

和三郎は、ただ誉めてくれるのだ。おイネは手先が器用で、素晴らしか。おイネはいろんなことに挑むけん、素晴らしか。おイネは自分の気持ちば口にできて、素晴らしか。

誉められれば、嬉しくなる。だが、ほんの少し、胸がちくりとする。

和三郎はおイネを叱らない。いや、和三郎が誰かを悪く言ったり大声を上げたりするところは見たことがないから、おイネが特別というわけでもないのだが。

血がつながった親子なら、違うのかもしれない。あるいは、男親は、男の子が相手なら、もっと正直な言葉や態度で接するものかもしれない。

おイネはかぶりを振って、考え事を追い払った。

別のことに気を取られていたら、手元に間違いが生じてしまう。

着物の造りを理解するのは、おイネにとって、さほど難しくなかった。何しろ、平たい造りだからだ。丁寧に待ち針を打って、縫い代《しろ》を間違えないように気をつけて、辛抱強く手を動かしていけばいい。

「オランダの着物は難しそうやね。あの筒袖《つつそで》の上着や、脚の形にぴったりした袴。それに、日ノ本の頭巾《ずきん》とは違う形のかぶりもの」

　そうした着物やかぶりものを間近に見たことがあるような気がする。本物の思い出かどうか、わからない。

　長崎では、みやげものとして、オランダ人を描いた絵がよく売られている。その絵の情景とおイネ自身の記憶が混ざっているかもしれない。

　十徳はやはりずいぶん大きくて、肩上げだけでは裄が整わず、広袖になった袖口を折り込んで縫い留めた。これで袖が余りすぎることもない。それから前《まえ》紐《ひも》をいったん外して、おイネの胸下に来るように付け替えた。

　ひとたび熱中すると、気づいたときには、時が飛ぶように過ぎている。おイネにはよくあることだった。糸を切って針を置いたときには、皆がすっかり寝静まっていた。

二

さすがに夜更かしがたたって、朝はなかなか目が覚めなかった。結局、女中に起こされてしまった。

「おイネお嬢さん、何ばしよっとですか！　手習いに遅れますよ」

急《せ》かされながら朝餉《あさげ》の膳《ぜん》の前に着くと、裏の井戸のほうから長英が姿を現した。首に引っかけた手ぬぐいが濡れている。昨日はむさくるしかった髪とひげが、きれいに剃られていた。

長英は、おイネににやりと笑みを向けた。

「朝寝坊だな」

おイネはむっとした。おたきが聞いていないのを確かめてから、早口で言い訳をする。

「夜更かしして針仕事ばしたと。十徳、ちゃんと着られるごとしたとよ」

思いがけないことに、長英は大きな目をしばたたいて、びっくり仰天《ぎょうてん》の顔を見せた。

「もうできたのか？　仕事が早いな」

「そう？　肩上げして裄ば縮めただけやもん。仕立て直したわけじゃなかけん、一晩でできるよ」

「へえ。手早くできちまうもんなんだな」

「長英さん、ひょっとして、外科の医術で傷口ば縫ったことはあっても、着物ば縫ったことはなかと？」

「着物の針仕事はしねえな。できんことはないんだろうが」

あっけらかんと言い放つので、おイネはぽかんとしてしまった。昨日の晩、えらそうに「縫ってみろ」と言ったくせに。

長英が客間に引っ込もうとするのを、おイネは呼び止めた。

「待って。今日これから出掛けると？」

「いや、すぐには動かん。さすがにただ飯食らいの居候《いそうろう》を決め込むわけにゃいかないんで、この俵屋の者たちの体の具合を順に診ようと思ってな。昼頃から町に出ようと思うが、おまえさん、本当に来るのか？」

おイネの頭を、ちらりと迷いがかすめた。

今日は昼八つ頃（午後二時頃）まで手習いで、帰ってきたらお花の稽古をする日だ。お花の師匠はおたきで、おイネよりいくつか年上の娘さんたちも教わりに来る。おたきと娘さんたちの間で、花嫁修業がどうのこうのと長話になるのが、いつも退屈でしょうがない。その後は、おたきと一緒に三味線の稽古だ。

おイネは長英に答えた。

「あたしも行く。ゆうべも約束したろう？」

えっ、と声を上げたのは朝吉だ。表の掃除を終えて戻ってきたところで、すでに汗をにじませている。

「おイネ、手習いやお花や三味線は？」

「それはいつでもできるたい。今は長英さんの手伝いのほうが大事」

「また、そげんわがままば言って、大人ば困らすな」

まるで朝吉こそが大人の代表であるかのようなことを言う。おイネはおもしろくなくて、つんとそっぽを向いた。長英はにんまり笑っておイネと朝吉の顔を見比べていた。それがまた、おイネにとってはおもしろくない。

「まあいい。とにかく、昼頃にはおまえさんの手習所に顔を出してみるさ。それまではしっかり手習いに励《はげ》めよ」

長英はそう言って、客間のほうへ行ってしまった。


朝餉を終えると、おイネはすぐさま俵屋を出た。

「行ってきます！」

商家の立ち並ぶ東築町は、店を開ける支度のためににぎわっている。道のそこここが濡れているのは、打ち水の跡だろう。しかし、焼け石に水と言おうか。打ち水をすれば湿気が増して、かえって暑くなるようにも感じられる。

暦《こよみ》の上では秋といっても、七月中旬はまだ夏の名残《なごり》を大いに引きずっている。朝っぱらから、蝉《せみ》が大音声《だいおんじょう》で鳴いている。

おイネが通う手習所は、東築町の俵屋から東へ向かい、中島川《なかしまがわ》に架かる大橋《おおはし》を渡った先の、西浜町《にしはまのまち》の入り口にある。目と鼻の先と言ってよい。

だから、いくらおイネが俵屋のお嬢さんでも、わざわざお供をつけるほどのことはないはずなのだ。

しかし、朝吉は今朝も目ざとく飛んできた。

「待てよ、おイネ！　一人で行くなってば。荷物はおいが持つ。おかみさんには、今日の昼からのこと、ちゃんと言ったか？」

おイネは、手習いの道具が入った風呂敷包みを朝吉に奪われないよう、胸に抱きかかえた。

「おかしゃまには何も言っとらん」

「なして？」

「化粧ばしよったもん。髪結いや化粧の間は、邪魔したら機嫌が悪くなるたい。後で朝吉が言っとって」

朝吉は長々とため息をついた。ほっかむりにした手ぬぐいを、目元まで引き下ろしている。おかげで、くしゃくしゃした前髪も藍色の目も隠れていた。ひょろりと手足の長いだけの、ありふれた姿の小僧のようだ。

大橋のたもとには、朝から屋台や出店が並んでいる。

茂木《もぎ》の漁師が獲ってきたばかりの魚。浦上《うらかみ》村や時津《とぎつ》村、長与《ながよ》村あたりから運ばれてきた青菜。できたての豆腐にかまぼこ。塩やみりんで味つけをした魚の干物。

それらの店はいつでも同じ刻限に、同じ人が出しに来る。朝餉のおかずにと買いに来る客の顔ぶれも、何となく見たことがある。

しかし、今の時季はそうした店ばかりではない。長崎名物、長崎みやげののぼりを掲げた商人のもとに人垣ができている。旅装の者もそうでない者もいるが、あそこに群がっているのは皆、長崎を訪れたばかりの人々だ。

毎年、七月には二艘のオランダ船が入港する。暑熱の季節に吹く風を帆に受けて、バタヴィアから長崎までやって来るのだ。オランダ船はおよそ二か月の間、長崎にとどまって、九月二十日に出港していく。

三本の帆柱に真っ白な帆を張り、オランダの旗を掲げて港に入ってくる船の姿は、実に堂々としている。今は帆をたたんで錨《いかり》を下ろしているが、波の上でひそやかにしている姿も優美だ。

オランダ船のほかにも、湊は大小さまざまな船でにぎわっている。唐船は十艘ほど停泊している。福岡藩《ふくおかはん》や佐賀藩《さがはん》、唐津藩《からつはん》などの船が年代わりで警固に出る。オランダ船を間近に見物しようとする屋根舟も、毎日行き交う。

オランダの軍船はもっと大きいとも聞くが、長崎を訪れるのは商船なので、目を見張るほどのものではない。長さ二十五間（約四十五メートル）に幅五間半（約九・九メートル）と、唐船とも大差ない大きさだ。乗り組んでいるのは、一艘につき十人余りの商館員と、四十人ほどの水夫である。

そのオランダ船や水夫たちの姿を見物するために日ノ本じゅうから旅人が押し寄せるのも、毎年のことだ。また、オランダ船でやって来た商館員や水夫を相手に日ノ本みやげを売りつけようと、小間物《こまもの》などを商う者も長崎に集う。

ひょっとしたら、長崎に住まう者よりも、よそから来た人のほうが多いのではないか。そう思ってしまうくらい、七月から九月の間、長崎は人が増える。

長崎みやげの出店でオランダ人の姿絵を物色していた武士が、ふと顔を上げ、こちらを向いた。ばっちり目が合ってしまった。おや、と驚く顔をされた。

ああ、しまった。おイネは顔を背けたが、もう遅い。

武士は、連れの武士やお付きの者に何事かをまくし立てながら、おイネのほうを指差している。たぶん、異人がそこにいるとでも言っているのだ。

かつて戦国時代の長崎は、町の者すべてがキリシタンであり、ヨーロッパ生まれのバテレンや水夫なども日ノ本人に交じって住んでいた。その頃の名残で長崎者《ながさきもの》の姿かたちはどことなく異人に似ているのだと、まことしやかにうわさされているらしい。俵屋と馴染《なじ》みの長州の商人がそう言っていた。

確かに長崎の町では、ヨーロッパ人のような風貌《ふうぼう》の子供が生まれることがある。赤っぽい色の髪、青ざめたように白い肌、緑色や灰色の目、くっきりとした二重まぶたと高く通った鼻筋。

だが、おイネや朝吉の顔立ちは、そういう先祖返りの子供とは比べ物にならないほど、それぞれの父に似ている。光の当たり具合では、髪の色も目の色も妙に目立ってしまい、まるっきり異人に見えるらしいのだ。

朝吉がおイネの頭に手ぬぐいをかぶせた。おイネの手から手習い道具の風呂敷包みを取り上げ、空いた手でおイネの腕をつかむ。

「ばか、目立つなよ。走るぞ」

おイネは手ぬぐいを押さえ、朝日を浴びて黄金色に透けてしまう髪をしっかり隠した。片手がそれでふさがっているので、走りだした朝吉に抗《あらが》うこともできず、腕を引かれるまま大橋を駆け抜けた。

仕事に向かう大人たちにまぎれ、西浜町の通りをなおも走る。あの物見高い武士が追ってくる様子はない。

「朝吉」

「何や？」

ありがとう、と言いたかった。だが、なぜだか口がひん曲がってしまって、ふてくされたような声がぼそりと漏れた。

「腕、痛か」

朝吉は眉間《みけん》にしわを寄せると、おイネの腕から手を離した。

商家が立ち並ぶ西浜町の一角の、小さな稲荷《いなり》の脇の道を入っていくと、骨董《こっとう》品《ひん》屋の裏手の隠居所にたどり着く。そこが、おイネの通う手習所だ。お師匠さまの名は、深堀振兵衛《ふかほりしんべえ》先生という。白いひげを蓄えた老爺《ろうや》で、七十を超えているらしい。

十年ほど前まで、振兵衛先生は中島聖堂《なかしませいどう》に勤めていた。聖堂というのは、孔《こう》子《し》を祀《まつ》った廟《びょう》のことだ。孔子は二千年以上前の唐土《もろこし》で儒学《じゅがく》を興した人。儒学とは、平たく言えば、人が生きていく中で大切にすべき心得を説いた教えである。

たとえば、おイネたちが諳《そら》んじている儒学の書、『孝経《こうきょう》』には、こんな一節がある。

「身体髪膚、受之父母。不敢毀傷、孝之始也（身体髪膚《しんたいはっぷ》、これを父母に受《う》く。あえて毀傷《きしょう》せざるは孝《こう》の始めなり）」

古い唐土の言葉で書かれた漢字だけの文章に、和語の送り仮名を補って読む。おイネたちは、振兵衛先生の後についてこの難しい文章を声に出して読み、諳んじる。

その一方で、振兵衛先生が文章の意味を今の言葉で噛み砕いて講じてくれる。つまり、「身体髪膚」の一節は、次のような意味だ。

人の体は、髪や肌に至るまですべて、父と母に恵んでもらったものだ。ゆえに、自分の体を傷つけないようにすること、大切にすることは、親孝行の第一歩なのである。

実のところ、この「身体髪膚」のくだりは単なる素読にとどまらず、しょちゅう聞かされている。もはや振兵衛先生の十八番ともいえるお説教だ。

何しろ、男の子たちときたら、つかみ合いの喧嘩《けんか》をして生傷が絶えない。長崎の子供、特に男の子は、生まれついてのたちなのか、とにかく荒っぽいのだ。

荒っぽい遊びの最たるものがハタ揚げだ。春から初夏にかけての風物詩だが、ハタを喧嘩させるのが長崎流である。ガラスの粉に糊《のり》を混ぜ、それを糸に塗っておく。ほかのハタが近寄ってきたら、ガラスで糸を切ってしまうのだ。

もちろん糸を切られれば、大事なハタはどこか遠くへ飛んでいったり、人に奪われたりしてしまう。おかげでハタ揚げには、ハタ同士のみならず、人同士の喧嘩もつきものだ。

それから、端午《たんご》の節句《せっく》の頃に長崎のあちこちで見られる陸《おか》ペーロンも、ひどく荒っぽい。大人の男が海の上で競い合う早船、ペーロンの真似事を、男の子は陸の上でおこなうのだ。

男の子たちは町ごとに集まり、竹で細長い船の形を作り、旗をこしらえ、列を組んで練り歩く。旗には「何々町子供中《こどもじゅう》」と書き、太鼓と銅鑼《どら》を鳴らして掛け声を上げる。よその町の陸ペーロンと出会ったら、旗を懸けて駆け比べで競い合うのだが、これがどうしても口論や喧嘩になりやすい。

「なして長崎の男ん子どんは、おうどかとやろか」

振兵衛先生はそんなふうに言って、荒事《あらごと》が起こりやすい行事のたびに眉をひそめている。「おうどか」というのは、生意気で図々しく荒々しい、という意味だ。

男の子の皆が皆、荒くれ者というわけでもない。仲間と一緒に荒くれることができない男の子は、輪を外れるしかない。

朝吉が手習所に通わなくなったのも、喧嘩っ早い男の子たちの中で揉《も》まれることにすっかり嫌気が差してしまったからだった。毎朝おイネの荷物を持って見送りに来ても、手習所の木戸門より先へは一歩も入ろうとしない。

「ここまででよかろ。帰りも、一人になるなよ」

朝吉はおイネに手習い道具の風呂敷包みを押しつけると、きびすを返して帰っていった。

朝五つ（午前八時頃）ぎりぎりに手習所に飛び込むと、筆子たちは皆、すでにめいめいの天神机《てんじんづくえ》に着いて、墨を磨《す》ったり教本を開いたりしていた。

振兵衛先生はじろりとおイネを見やったが、「遅か」というお小言は飛んでこなかった。

おイネはちょっと首をすくめながら、おふくの隣の天神机に着いた。

男の子と女の子、合わせて十二人の筆子が揃うと、八畳間もせま苦しい。筆子は年頃も学びの早さもばらばらなので、例によって「身体髪膚」などのお説教が始まらない限り、一人ひとり違うことをやっている。

教本を読み上げ始めた子もいれば、二人組になって「願いましては」とそろばんの稽古を始めた子もいる。ざわざわしてきたところを見計らって、おふくがおイネに耳打ちした。

「昨日のお客さん、どなたやったと？」

「江戸から来たお医者さんで、高野長英さんって人。鳴滝塾で学んどったとって」

「えっ、鳴滝塾？　所払《ところばら》いになっとらん人がおったと？」

おふくが驚いたのも当然だ。シーボルトが起こした騒動によって、鳴滝塾の門弟は皆、長崎からの追放を言い渡されているはずだった。シーボルトや鳴滝塾と深く関わったオランダ通詞の中には、永牢《えいろう》を言い渡された者もいた。

おイネは首をかしげた。

「長英さんからは何も聞いとらんよ。大丈夫やけん来たとじゃなかかな？」

しかし、そもそもおイネは、世に言うシーボルト騒動について、きちんと知らない。騒動が起こったとき、おイネは数えで二つだった。オランダ式の齢の数え方をすれば、一歳半に満たなかったのだ。何が起こっているのかを知るには幼すぎた。

確からしいのは、シーボルトがバタヴィアに引き揚げることになった際、日ノ本の外に持ち出してはならない地図を船に積み込んでいた、ということだ。

しかし、それが明らかになったいきさつは、いろんなうわさが飛び交っている。

いわく、シーボルトの掟《おきて》破りを天が許さず、台風の荒波と暴風が積み荷を崩して中身をあらわにしたのだ。

いわく、シーボルトの贈り物を受け取った人がお上に届けなかったため処罰を受け、シーボルトにも検分が及んだのだ。

いわく、シーボルトを恨《うら》んだ何者かが罠《わな》を仕掛け、シーボルトやその友人がまんまと罠にかかってしまったのだ。

うわさはあくまでうわさだ。曖昧《あいまい》な話をどれだけ集めてみても、シーボルトという人の面影は一つもつかめない。なぜシーボルトが騒動など起こしたのか、結局おイネにはわからない。

おたきも日頃、シーボルトのことを話そうとしない。それは今の夫である和三郎のためなのか、たくさんの人がひどい目に遭うこととなったあの騒動の余波なのか、手紙の一つもよこさないシーボルトへのせめてもの当てつけなのか。

おイネの頭の隅のほうに、一つだけ、古い思い出がある。

異人がおイネのそばにいる、という情景だ。

声も音もにおいも記憶から薄れ、思い出はもやがかかったようになっている。異人の髪や目の色は忘れてしまった。覚えているのは、その人のかぶりものの鮮やかな緑色だけだ。

緑色のかぶりものの人が父シーボルトだったのか、それとも朝吉の父のビュルゲルか、あるいはほかの誰かであったのか、今となっては確かめようがない。

いずれにしても、シーボルトは罪に問われ、裁きを受けた。

シーボルト自身は、日ノ本の武士が不始末を犯したときは腹を切って償《つぐな》うものだから、自分もそうしたいと申し出たらしい。そんなうわさもある。

その申し出が本当だったとしても、結局は日ノ本からの所払いで決着がついた。

ご公儀はシーボルトを武士と認めなかったということだろうか。それとも、異人であるシーボルトを日ノ本の法で裁いて命まで奪ったら、オランダに申し訳が立たないということか。

おイネにはわからないことだらけだ。

血のつながった父であるはずなのに、おイネはシーボルトから手紙をもらったことがない。おたき宛ての手紙も、和三郎と所帯を持った頃から届かなくなったようだ。

シーボルトは今、どこにいるのだろうか。オランダという、見も知らぬ異国の地だろうか。医者として働き続けているのだろうか。一人で暮らしているのだろうか。

寂しくはないのだろうか。

考え始めると、止まらなくなる。

「身体髪膚、これを父母に受く、か」

ほつれた髪をつまんで、目の前にかざす。異人の父から血を受けたことをはっきりと示す、明るい茶色の髪。日の光に照らされると、もっと明るく輝いてしまう髪。長崎見物の武士がおイネを見て驚いた顔をしたのも、仕方のないことだ。

おイネは、シーボルトの子。世の人々はそう認めている。けれども、おイネの頭に浮かぶ父という人は、和三郎おとしゃまだ。

どちらのおとしゃまのこともちゃんと知って、二人とも好きになれたらいいのに。

おイネの頭と心は、そんなことを思うと、どうしてもこんがらがってくる。寝不足な上に考え事がぐるぐるしているおイネは、なかなか手習いに身が入らなかった。

三

昼頃から動くと言った長英は、果たして、手習いが昼餉《ひるげ》の休みに入る頃に、のそりと姿を現した。きちんと十徳をまとった、こざっぱりした格好だった。

今からまさに昼餉を食べに家に帰ろうとしていた筆子たちは、見知らぬ大柄な禿頭《とくとう》の男にびくりとして、固まってしまった。

怪訝《けげん》そうに顔をしかめた振兵衛先生が、ずいと前に出ていった。

「おぬし、何者じゃ。招いた覚えはなかぞ」

振兵衛先生はやせている。背中がいくぶん曲がっているせいもあって、おイネと目の高さがさほど変わらない。大人の男としては、ずいぶん小さい人だ。

だが、大きな長英を前にしながら、振兵衛先生は少しもひるんだところがなかった。長英をまっすぐににらんで立ちはだかっている。おイネは、振兵衛先生の背中についい見入ってしまった。

と、長英が目を丸くした。

「爺《じい》さんよ、あんた、ひょっとして、中島聖堂《なかしませいどう》の深堀振兵衛じゃねえか？」

振兵衛先生の肩がぴくりとした。

「おぬし、なして儂《わし》のこつば知っとる？」

「知っとるも何も、あんたとはさんざん論を闘《たたか》わせたからな。耄碌《もうろく》してるようには見えねえぞ。やい、深堀振兵衛。鳴滝塾の筆頭、高野長英さまの名を覚えているだろう？」

その名を聞いた振兵衛先生の声色が変わった。

「高野長英！　あの二本差しの青二才が、おぬしか！　二十そこそこの生意気な若造じゃったばってん、ほう、そのいでたちは医者の道を選んだか。郷里には戻らなんだな」

「そういうことよ。武士の身分は捨てた」

「人生は思うに任せんもんたい。一方ば選ぶなら、他方は捨てんばならん。そいでん、おぬしはよか顔ばしとるぞ」

驚いているような、喜んでいるような、弾んだ調子だった。おイネは、振兵衛先生がそんな声を出すところを知らない。筆子たちは戸惑い、互いに顔を見合わせている。

長英が振兵衛先生に用件を切り出した。

「俵屋のおイネを借り受けるぞ。昼からは俺の仕事を手伝ってくれることになっている」

筆子たちが一斉におイネのほうを見た。

中でも、おふくは小さな悲鳴まで上げて、おイネの腕に抱きついてきた。

「おイネちゃん、本当に行くと？　大丈夫？」

どうやらおふくは、長英の大きな体やごつごつした顔つきを怖いと感じてしまったらしい。江戸の言葉のちょっと荒っぽい調子にも驚いたのだろう。

おイネはおふくに笑ってみせた。

「大丈夫。恐ろしか人じゃなかとよ」

振兵衛先生も口を添えた。

「そうたい、おふくよ。こん高野長英のこつは、恐れんでよか。昔、鳴滝塾で学んどった秀才の一人じゃ」

「筆頭と言えよ。俺が鳴滝塾でいちばん、オランダ語の筆が速かったんだぜ」

得意げに口を挟む長英に、振兵衛先生は「せからしか」と言った。うっとうしくてうるさい、という意味だ。長英はおどけるように肩をすくめた。

振兵衛先生は懐かしそうに目を細めた。

「鳴滝塾か。シーボルトどのが十四年前に興し、四年間ほど、こん長崎の地にあった蘭学塾じゃ。そん頃、儂は中島聖堂で唐土渡りの書物の検分の任に就いとった。そしたら、こん長英ば筆頭に、鳴滝塾の血気盛んな若造どんが聖堂に乗り込んで、議論ば吹っかけに来よったとじゃ」

おイネは思わず口を開いた。

「唐土渡りの書物の検分って？　お師匠さま、それはどげんお役目ですか？」

振兵衛先生は、ひとたび開きかけた口を閉じた。言葉を探すように、白いひげの内側でもぐもぐと口を動かす。

その隙に、長英がさっと答えてしまった。

「この長崎では、オランダと唐土から渡ってきた品物が荷揚げされる。唐土からの荷には、書物が多く含まれているんだ。そういう書物は、唐土の書き言葉である漢文で書かれちゃいるが、それなりに学びを重ねた者なら、ちゃんと読める」

「本当？　唐話は少しも和語と似とらんとに」

おふくが歌う『九連環』の唄は、声の出し方ひとつ取っても、日ノ本の言葉とは似ても似つかない。

「話し言葉は、確かにまったく違うがな。書き言葉となると別だ。ほら、おまえさんたちが手習いで学ぶ『孝経』みたいな儒学の教本は、読み仮名を添えてはあるが、漢文で書かれてるだろう？　あれで稽古を重ねるのさ。素読をきちんと身につければ、唐土渡りの珍しい本だって読めるようになる」

ああ、おお、と皆の口から声が漏れた。納得したり感心したり、といったところだ。

長英は満足そうにうなずいて続けた。

「唐土は日ノ本よりもヨーロッパに近い。医術、天文、測量、格物窮理《かくぶつきゅうり》に舎密《せいみ》の学と、ヨーロッパの新しい学問の本が、唐土ではすでに漢訳されて出回っている。蘭学者はそういう本を唐土から買いたい。オランダ語を一から学んで蘭学へ進むより、漢文で書かれた本から入るほうが、手っ取り早いからな」

筆子たちはうなずいた。四書五経の漢文を頭に叩き込むのでも大変なのだ。その上、文字の造りから何から違うオランダ語を学ぶなんて、なかなかできることではない。

「唐土渡りの蘭学の本なら、オランダ語で書かれた本より、読める人が多かとね」

おイネが言うと、長英は「コッレクト」と言った。「そのとおり」という意味のオランダ語だ。昨日聞いた。

「だから、唐土渡りの本も、蘭学にとって重要なんだ。ところが、唐土渡りのすべての本の荷揚げが許されるわけじゃあない。キリシタンの教えを広めるようなものは、積み戻しを命じられるか焼き捨てられるかだ。誰がその検分をするかって、それが中島聖堂の連中なのさ」

長英が水を向けたので、振兵衛先生がようやく口を開いた。苦々しげな口ぶりだった。

「中島聖堂の唐書検分には、厳しか定めがある。こん言葉にはキリシタンの教えが含まれるけん、こん言葉が書かれとる本は荷揚げしてはならん、という定めじゃ。定めに従って一冊一冊、検分していく。ばってん、こん長英らは、聖堂の検分に難癖《なんくせ》つけに来おった」

「難癖じゃあねえ。難癖をつけてんのは聖堂のほうだから、それを正せと言いに行ったんだ。たとえば、利瑪竇《りまとう》という男の名だ。利瑪竇の三字が含まれる本は、聖堂の検分ではじかれる。そうだっただろう?」

「然《しか》り。利瑪竇はキリシタンの教えば説く宣教師、バテレンであったゆえに」

「利瑪竇は、本国のイタリアではマテオ・リッチという名で呼ばれていた。今から二百三十年か四十年くらい前、唐土で学問に打ち込んでいた男だ。確かにこいつはバテレンだったが、優れた天文学者で、測量や算術にも秀でていた。この男が著《あらわ》した書物には千金の値打ちがある」

うむ、と振兵衛先生はうなった。

「そん話、おぬしには何べんも聞かされた」

「鳴滝塾の連中は、利瑪竇の本を読みたがっていた。だが、目録によれば唐土からの積み荷に含まれているはずなのに、なぜか手元に届かなかった。調べてみりゃあ、何のことはない。中島聖堂の連中が、利瑪竇の天文術も算術もわかりゃしねえくせに、その名を見つけ次第すべて禁書扱いにするせいだった」

「ばってん、利瑪竇は危うか存在じゃ。二百数十年前のバテレンは、キリシタンの教えば裏づけるためにこそ、人に医術ば施してみせ、すぐれた天文術で日食や月食ば予言してみせよった。今の世の蘭学とは違うとじゃ」

「はっ、よく言うぜ。蘭学を知らねえ儒者が、蘭学にまつわる本の検分をするのは無茶な話だと思うがな！」

振兵衛先生は、長英の啖呵《たんか》にため息で応じた。

「そげんこつば言うても、堂々めぐりたい。おぬしがどげんわめいたところで、ご公儀《こうぎ》の決まり事は変えられん」

長英は鼻で笑った。

「なめんじゃねえぞ。決まり事が何だってんだ。俺はあんな決まり事なんぞ変えられると信じていたし、今もだ。幕府のおえらいさんが定めた法だろうが何だろうが、おかしいもんはおかしい。声を上げ続けりゃ、俺の正しさがきっと世に広まる。そいつを信じて、俺は自分の正しさを貫くだけだ」

振兵衛先生は、また、深々としたため息をついた。だが、白いひげに隠れがちな口元がそっと笑っているようにも見えた。

「なりは立派になったばってん、中身はてんで青二才のままばい。大言壮語《たいげんそうご》もいい加減《たいてぶり》にせい」

おイネは手習いの道具を素早くまとめると、振兵衛先生にうかがいを立てた。

「お師匠さま、長英さんは俵屋のお客さんなんです。あたし、手伝いばするって約束しました。お昼から行ってきてよかでしょうか?」

振兵衛先生は、おイネに答える前に長英に尋ねた。

「これからどこへ?」

長英は、今までの熱っぽさとは打って変わって、そっけなく答えた。

「まずは鳴滝。それから、人と待ち合わせをしている」

「待ち合わせとな。誰と会う? あの頃はたいそう浮名《うきな》ば流しよったろう。定めし相手もおったか」

「違う、女と約束しているわけじゃない。子供らの前で何言ってんだ。オランダ通詞の爺さんに訊きたいことがあるんで、会ってくれねえかと打診しているところだ」

オランダ通詞とは、オランダ人との間で言葉の橋渡しをする役目を担う役人のことだ。大通詞《おおつうじ》、小通詞《こつうじ》、小通詞並《こつうじなみ》、稽古通詞《けいこつうじ》などの職階に分かれている。当番を組んで、出島の中にある役所に二六時中詰めているらしい。

「通詞と会う？　やはり蘭学絡みか？」

振兵衛先生の目つきがいくぶん鋭くなった。長英は、声を大きくして答えた。

「オランダ通詞の爺さんと話したいのは、蘭学のことじゃあねえ。あの騒動以来、通詞は役の名のとおり、詞《ことば》を通訳することをもっぱらにしている。昔のように、オランダ語を和訳することにかこつけて蘭学や医術に首を突っ込むようなやつは、今ではもういない。そいつは俺も知っている」

「さよう、昨今のオランダ通詞に蘭学者はおらん。優れた通詞であった馬場為《ばばため》八郎《はちろう》どの、吉雄忠次郎《よしおちゅうじろう》どの、稲部市五郎《いなべいちごろう》どのが永牢の処分を受けたことが大きかった。三人が牢に入れられ、通詞の務めにも障りが出て、出島に関わる役所全体が往生《おうじょう》した。あん騒動で、通詞どんは蘭学に懲《こ》りたとじゃ」

長英はうっすらと笑った。

「俺は懲りてねえがな。これからの日ノ本に必要なのは、海の向こうからやって来る学問だ。今の日ノ本にはない論の立て方やものの考え方、技術、文物、そういったものがこれからの世を形作っていく。だから俺は蘭学を続けている」

「おぬしはおぬしで、勝手にすればよか。ばってん、おイネのことは、どげんか？　おぬしば手伝うこつは、おイネのためになるか？」

長英は、おイネのほうへあごをしゃくった。

「さあな。その問いは、俺には答えられん。おイネが自分の頭で考え、自分の心で感じ取り、自分の言葉で答えるべきことだ」

「あたしが自分で？」

振兵衛先生は低い声で短くうなったが、かぶりを振り、おイネに告げた。

「行ってきんしゃい。今の時季はよそ者の多かけん、くれぐれも用心せんばならんぞ」

「はい。ありがとうございます。行ってきます！」

おイネは、おふくの体をそっと押しやると、振兵衛先生にぺこりと頭を下げ、長英のほうへ駆け寄った。なおも不安そうなおふくに手を振って、おイネは長英とともに手習所を後にした。

四

手習所の路地から表に出ると、おイネは足を止めた。

「ちょっと待って、長英さん」

おイネは、大事に風呂敷に包んでおいた十徳を広げて羽織った。薄い紗でできた十徳の下に、生成《きな》りに藍の水玉を散らした単衣が透けて見える。

長英が着れば軽く尻にかかる丈の裾は、おイネにはずいぶん長い。手習いの道具を包んだ風呂敷を背負うと、ひらひらするのが抑えられるので、ちょうどよかった。

「どう？」

おイネはくるりと回ってみせた。肩上げをしたところと、袖を折り込んだところを、長英に示してみせる。

「ほう、なるほど。一晩でうまいこと仕上げたもんだな。時と手間をかけられねえときは、それに応じたやり方で形にする。その切り替えの早さは、生きていく上でも学問を進める上でも、おまえさんの武器になるぞ。うん、なかなか賢いじゃねえか、おイネ」

そんなふうに誉められるとは思っていなかった。おイネは面映《おもは》ゆくなって、それを隠すために顔をしかめた。

「別に、このくらい、できて当たり前やもん」

わざとつんとした言い方をしてしまう。まずかったかなと、ちらっと思った。相手がおたきであればお小言が飛んでくるし、朝吉であれば口喧嘩が始まってしまう。

だが、長英は気に留めた様子でもなかった。

「身支度《みじたく》が整ったんなら、行くか」

中島川に沿って、北へ向けて歩きだす。おイネも遅れず続いた。

日差しがきつい。蝉《せみ》の声がどこからともなく聞こえてくる。川風はじっとりと暑い。中島川の水音ばかりが涼やかだ。

「長英さん、出島や波止場のほう、見てきた?」

「おう、見てきたぞ。オランダ船が着いたばっかりで、まだ荷揚げの最中なんだな。出島の二の門が開いて、小舟が出島と親船の間を行き来していた。役人や通詞はひっきりなしに駆け回ってるわ、見物人は押しかけるわ、見物人相手の商売人は群がるわで、とにかく凄まじい人出だったぞ」

「オランダ船がおる間は、毎日がお祭り騒ぎやね。すりや泥棒《どろぼう》、抜け荷の受け子もうろうろしよって、いろんな悪事も起こるけん、長英さんも気をつけんばよ」

おイネが釘を刺すと、長英は「がってん承知」と言って笑った。

長英は、手にぶら下げていた風呂敷包みから、笹《ささ》の皮に包まれたものを取り出した。

「ほれ、昼餉の握り飯だ。歩きながら食うぞ」

「歩きながら?」

おイネは笹の皮の包みを受け取った。長英はもう、一つ目の握り飯にかぶりついている。

「お嬢さんは、こんな行儀の悪いことはできねえってか?」

「できるよ。お嬢さんって言わんで」

おイネはなるたけ口を大きく開けて、握り飯を頬張った。あおさの佃煮《つくだに》が入っている。磯《いそ》の風味と甘い味つけの、おイネの好物だ。

長英は握り飯をむしゃむしゃしながら、言い訳がましいことを話した。

「のんびりと座って黙って飯を食うってのが、昔から苦手でな。時を無駄にしているような気がして、落ち着かねえんだ。歩きながらだとか、本を読みながらだとか、蘭学仲間と議論を交わしながらだとか、とにかく何かをしながら飯を食うことが習い性になっちまっている」

「ふうん。何だか忙しかね」

「ゆっくりたくさん食っていられるほど恵まれた生まれ育ちじゃあねえんだよ。俺の故郷は水沢《みずさわ》といってな、陸奥国《むつのくに》の小さな藩だ。陸奥国、日ノ本のどのへんにあるか、わかるか？」

「うんと東で、北のほうでしょ。江戸よりもずっと北のほう」

「おうよ。水沢は、江戸から百十五里（約五百八十九キロメートル）ばかり北に行ったところにある。雪に閉ざされた冬は長い。春と夏は短くて、冷たい雨にひたすら降られる年と、梅雨《つゆ》の恵みの雨が降らねえ年が、代わりばんこにやって来る。そんな地だった。米も青菜もうまく育たねえ。ひもじい思いばかりしていた」

ひもじい思いというものが、おイネにはきちんとわからない。長崎で生まれ育った子供はほとんどそうだろう。

長崎は平地がせまく、土がやせていて、田畑をつくれない。米も青菜も、大根やいもの類も、すべて山向こうの村々から運ばれてくる。そうした食べ物を買うだけの財が、長崎にはある。海を結ぶ商いのおかげだ。長崎は商いの町なのだ。

長英が口調を変えた。

「それはそうと、おイネ。おまえさんのおとっつぁんは、ちゃんと医者にかかっているか？」

「おとっつぁんって、和三郎おとしゃまのこと？」

「ああ、そうだ。俵屋の主《あるじ》で、今のおまえさんのおとしゃまの、和三郎のことだ。昼餉までの間に、俵屋の奉公人《ほうこうにん》を順繰りに診てやったんだが、さほど困った不調を抱えている者はいないようだ。ただ、和三郎だけは診ることができなくてな。あの顔色を見るに、脾《ひ》に病を抱えてそうなんだが」

「脾って？」

「胃の腑《ふ》や腸のような、食ったものをこなして体に取り込むための臓腑《ぞうふ》のことを、全部ひっくるめて脾と呼ぶ。体の真ん中にあるんだ」

長英は、胃の腑や腸と言いながら、自分の腹を指差した。胃の腑はへその上のあたり、腸はそれより下にぐるぐるとした形で連なって、最後は腹全体をぐるりとめぐってから下腹のほうにつながる。

おイネは眉をひそめた。

「おとしゃま、脾に病があると？　そげん顔色が悪か？」

「医者の目から見りゃ、ずいぶん悪いな。黄土色《おうど》、土気色《つちけ》になっちまっている。ここのところ急にやせたんじゃねえか？」

「うん、やせた。おとしゃまはもともと鼈甲細工の職人さんで、手の力ば使う仕事ばしとったけん、腕が太かったと。ばってん、いつの間にか、骨が浮き出とった。気づいたとき、びっくりした」

「和三郎の親きょうだいに、脾の病を患《わずら》ってる者はいるか？」

「伯父しゃまがそうやったかもしれん。伯父しゃまが病で亡くなったけん、おとしゃまが職人ば辞めて俵屋ば継いだらしか。伯父しゃまは、腸に腫物《はれもの》ができとったとって。あたしの小さかった頃のことで、よう覚えとらんばってん」

長英は難しい顔のまま、うなった。

「おとっつぁんには、ちゃんと医者にかかるよう、よくよく言い聞かせろ。娘に説得されりゃ、素直に従うだろう」

「長英さんは診てくれんと？」

「俺が診て薬を出してやって、すぐ具合がよくなる類《たぐい》の病なら、そうしてやるんだがな。あれは、しばらく様子を見続けなけりゃ、どうしてやることもできん類だろう。俺はさほど長くここにいられるわけじゃあない」

「わかった。おとしゃまに伝えておくけん」

おイネは不安になった。だが、しょんぼりした顔など、人に見せたくない。

おイネはわざと荒っぽい仕草で握り飯にかぶりついて、しおれてしまいそうな気持ちをごまかした。

麹屋町の川端に甘酒売りがいた。暑い季節には、汗をかきながら熱い甘酒を飲むのがいいのだ。甘酒は滋養《じよう》があって疲れに効く。

甘酒をふうふう言いながら飲んでいるのは、遊女の二人連れだ。しっかりと化粧を施し、着物は襟《えり》を抜いて色っぽく着こなしている。おかげで年がわかりにくいが、まだ若そうだった。おイネより四つか五つ年上、といったところか。

長英は遊女たちを見やると、苦笑のような表情になった。

「日ノ本じゅうを探しても、長崎の遊女ほど自在に飛び回る小鳥はいねえな。特に江戸の吉原《よしわら》は、女たちにとっちゃ牢みたいなもんだ。高い塀《へい》に囲まれた吉原にひとたび入ると、生きて外に出られる者はめったにいない」

おイネはきょとんとした。

「吉原っていう町の遊女は、外には出られんと？　それなら、どげんして仕事ばすると？」

長英は、ちょっと答えにくそうに言った。

「そりゃあ、遊女屋が、その何だ、仕事場を持ってるんだよ。吉原の塀の中には、料理を出す茶屋もあって、遊女もそこまでなら出歩くことができる。茶屋では宴《うたげ》を開くんで、遊女が客のお酌をしたり話し相手になったりするんだ」

「あ、わかった。吉原っていう町は、長崎の丸山よりずっと広かとね。丸山はせまかけん、お客さんが宴ば開くための茶屋も少なかと。遊女はお客さんに呼ばれたら、丸山の外に出掛けていって仕事ばするとよ」

おイネは説明してみたが、長英は吉原の遊女の事情だけでなく、丸山の遊女の事情もわかっているようだった。歯に物が詰まったような、微妙な口調でおイネに問うた。

「おまえさん、おっかさんから、遊女の仕事について何か聞いてんのか？」

「うん。お客さんの奥さんになることが、遊女の仕事なんだって。おかしゃまもオランダ行きの仕事ばしよったと。出島の商館に勤めよるオランダさんは男の人ばっかりやけん、身のまわりのことが少しずつ足りとらんとって。着物の襟ば整えたり、仕事の合間にお茶ば出したり」

「そういう、奥方《おくがた》がいれば目と手をかけてくれるであろうことを代わりにやるのが、オランダ行きの遊女の仕事？」

「おかしゃまは、そげん言いよった」

長英は苦笑交じりでうなずいた。

「なるほど。ま、確かにな。何にせよ、長崎の遊女は特別だ」

「特別？　長崎では、遊女になる人は珍しくなかよ」

異国との商いで潤《うるお》っている長崎だが、むろん、豊かではない暮らし向きの人もいる。だが、女の子であれば、幼いうちから自力で働いておまんまを食べる手立てがある。丸山の遊郭《ゆうかく》で遊女奉公をするのだ。

おイネの母のおたきも、朝吉の母のおつねも、十二の頃から丸山の引田屋に抱えられていた。こんにゃく屋を営んでいた楠本の家が、ちょっとしたことから借金をこしらえてしまい、いつの間にか利息がふくらんで、にっちもさっちもいかなくなっていたせいだった。

遊女屋での奉公は、長崎の女の子にとって、暮らしの手立てとしてごく身近な道だ。振兵衛先生の手習所には、おイネや朝吉のほかにも、母が遊女だったという子がいる。去年の暮れまで机を並べていた友達は、年明けには遊女屋に居を移しており、手習いに来なくなった。

長英は、うなったり顔をしかめたりしながら言葉を探し、口を開いた。

「長崎の遊女は、客のもとへ自分の足で歩いて出向くし、病気をすりゃあ親のいる家に帰って養生できるだろう？」

「うん。もちろん」

「もしも置屋が無体なことをしでかせば、親きょうだいや親戚が黙っちゃいない。子を孕《はら》めば、家に戻って子を産んで育てられる。無事に年季《ねんき》が明けて、誰かと所帯を持つ者も多い」

遊女奉公をまっとうすることを、年季が明けるという。遊女勤めは、長くとも十年間というのが普通だ。二十五くらいで年季が明け、丸山を離れる者が多い。

「江戸では違うと？」

小首をかしげたおイネに、長英は早口で言った。

「長崎だけが特別なんだ。いいか、おイネ。よその地に出たら、遊女がひどい扱いを受けているのを知ることになるだろう。遊女は、吉原のような町に閉じ込められて、許しもなく出歩けば、ひどい折檻《せっかん》を受ける。親きょうだいは頼れない。そもそも、あんまり貧しいんで娘を遊女屋に売り飛ばすしかない家なんだぞ」

「じゃあ、遊女は、病気になっても家に帰れんと？」

「病気になっても、赤子ができても、帰れないし休めない。赤子は、道具や毒を使って、まだ腹の中にいるうちに死なせる。そんなふうに無理のある暮らし、閉じ込められてふさいだ心、疫病《えきびょう》の広まりやすい遊女屋と、あれこれひどい条件が揃っているんで、体を損《そこ》ねずにすむ遊女は、いないと言ってもいい」

おイネはぞっとした。

「そんなら、おかしゃまが江戸の遊女やったら、あたし、生まれることができんやったと？」

長英はうなずいた。

甘酒売りのところからずいぶん離れたのに、あの二人連れの遊女の笑い声が、まだおイネの耳に届いている。けらけら、きゃあきゃあと、何がそんなにおもしろいのだろうか。うらやましいほど楽しそうに笑っている。

長英は遠い目をした。

「俺の故郷も貧しいと言っただろう？　江戸の遊女屋には、同じ陸奥国生まれの遊女がたくさんいる。その遊女がどんな村から売られてきたのかって事情が透けて見えると、いかに絢爛豪華《けんらんごうか》な宴でも興《きょう》がさめるってもんだ。俺はなあ、それをどうにかしてえんだ」

「どうにかって、何ばすると？」

おイネは思わず問い返した。

ふっと笑った長英は、ごまかすように手をひらひらと振った。

五

鳴滝塾として多くの学者たちが集った屋敷は、長崎の町の東の外れ、中川郷《なかがわごう》にある。裏手には山が迫っているが、敷地はなかなかに広々としている。

かつて、おイネは鳴滝の屋敷で暮らしていたことがあるらしい。シーボルトがおたきとおイネのために屋敷を残していったのだ。

だが、おたきが鳴滝の屋敷で暮らし続けるのは難しかった。広い屋敷をきちんと保つのには人手がいるが、奉公人を雇うお金がなかったのだ。

結局、おたきは屋敷を人に売り、おイネを連れて、銅座跡に店を構える大伯父のもとに移った。

今、誰も住まなくなった鳴滝の屋敷は、すっかり荒れ果てている。人の背丈よりも高く生い茂った草が、長英たちの学び舎《や》であった二階建ての屋敷を覆い隠さんばかりだ。

長英はけらけらと笑った。

「ひでえなあ！　いや、うわさには聞いていたんだが、こりゃあひでえ。おイネ、信じられるか？　ほんの十年前には、ここで大勢の若者が学んでいたんだぞ。雑草なんか生えるひまもないほど、この庭で珍しい花を育てたりしてな」

ほんの十年前、というのは、大人の年の数え方だ。十年前と言えば、おイネにとってはずいぶん昔で、ほとんど何も覚えていない。

シーボルトがここに鳴滝塾を開いたのは、文政七年（一八二四）のことだ。それから例の騒動が起こる文政十一年（一八二八）九月までの間、鳴滝塾は日ノ本一の蘭学塾として名を馳せていた。

長英は、草むらに呑まれそうな屋敷に目を凝《こ》らしている。かつての思い出を見出そうとするかのように。

「鳴滝塾では、昼夜を問わず和語とオランダ語が飛び交って、草木や花や変わった石、日ノ本の茶や食べ物や祭りや名所、ありとあらゆるお題で論が闘わされていた。かと思うと、めいめいが自分の仕事に熱中して、言葉を発しない日もあった。だが、そんなときでさえ、皆の気炎が噴き上がっていて、熱かった」

「鳴滝塾の仲間は、大勢おったと？」

「のべ五十七人と聞いている。シーボルト先生が出島の外で医術を施し、蘭学を教えてくれるってんで、日ノ本じゅうの医者や学者が鳴滝塾に憧れた。中でも、我こそはという自負のある者が、本当に長崎にやって来たんだ」

「長英さんって、本当に、その頃から自信まんまんやったとやね」

「あたぼうよ。鳴滝の秀才の中でも、俺はとりわけ優れていたんだぜ。おまえさんの手習いの師匠も、俺のことを秀才と認めていただろう？」

「まあね。お師匠さまが長英さんのことば知っとったけん、びっくりした」

長英は、得意げに小鼻をぴくぴくとふくらませた。やっぱり、三十五にもなった大人のくせに、子供っぽいところがある。

「俺が仲間内でとりわけ飛び抜けていたのは、オランダ語を書く筆の速さだ。シーボルト先生は門下生にオランダ語で日ノ本の事情を著すよう、一人ひとりに論題を与えた。俺は茶や鯨捕《くじらと》り、京《きょう》の名所なんかについて、まとめたり訳したりした。仲間内で最も著作が多かったのが俺なんだよ」

「ふうん。あたしも、手紙ば書く筆が速かって言われるよ」

「そりゃあいい。筆の速さは蘭学者にとって大事な武器になる」

「あたしも蘭学に向いとっとかな?」

「挑んでみろよ。蘭学ってのは、やることが多いんだ。じっくり一語一語吟味《ぎんみ》している場合じゃねえってときが多い。そのときはな、粗くていい。より多くの書物を読んで、より多くの論題について形にするために、物事の肝心かなめがどこにあるかをずばっと見抜く目が必要だ。その目がありゃ、筆が速くなる」

「あたしも、そげんふうにできる?」

「できるとも。この十徳だって、たった一晩で形を変えちまうとは、俺も思ってなかった。今着るためには何が必要か考えて、正しく選んで、ささっと仕上げちまったんだろう？　そういう目のつけどころ、俺は好きだぞ」

おイネは照れくさいような、きまりが悪いような心地になった。

「もっと背が伸びて、肩上げが必要なくなったら、ちゃんと糸ば解いて仕立て直すけん。そしたら、もっとよくなるよ」

「おう、楽しみだ」

おイネは、屋敷をぐるりと取り巻く小道を指差した。

「もし長英さんが屋敷の中に入ってみたかとなら、案内するよ。こっちに回ったら、獣道《けものみち》んごた道があってね、あんまり草に邪魔されんで屋敷に近づけると。それに、雨戸が壊れとる窓があって、中にも入れる」

「そんなこと、よく知ってるもんだな。たまに来るのか？」

「うん。家出して、屋敷の中に隠れてみたこともある。三年前のことばってん」

「こんなところにいたんじゃ、見つからねえだろ」

おイネはかぶりを振った。

「捜《さが》しに来た人がおった。おかしゃまの友達で、その頃は俵屋であたしと朝吉のお世話ばしてくれよった人に、すぐ見つかってしもうたと。その人、おとめさんって名前でね。鳴滝塾で女中ばしよったとって。長英さんも知っとる？」

おとめは、おイネにとって大切な人だった。おイネが鳴滝の屋敷のことを知っているのは、おとめが教えてくれたからだ。

朗らかでよく笑うおとめは、とても物知りだった。「門前の小僧も、習わぬ経ば読めるとよ」と言って、オランダ語で数をかぞえるやり方を教えてくれた。アベブックを使ってオランダ語の「いろは《ABC》」を教えてくれたのも、おとめだった。オランダ語の唄もいくつか、おとめは知っていた。

おイネが曲がりなりにもオランダ語で名前を読み書きできるのは、おとめが教えてくれたからだ。

そんな思い出を、おイネは長英に話して聞かせた。

長英の顔色は、話の途中からすっかり変わっていた。おとめという名に心当たりがあるとか、ちょっとした顔見知りだったとか、そんなものではないようだった。

おイネが言葉を切っても、長英はすぐには声を発することができなかった。何度か口を開閉し、ため息のかたまりを吐き出して、それからようやく言った。

「おとめの奉公先、俵屋だったのか……」

「うん。一昨年《おととし》、お嫁に行くために俵屋ば辞めたばってん。長英さん、おとめさんと仲がよかったと？」

長英はのろのろとうなずいた。

「……ああ。働き者で物覚えがいいし、気軽に話せる相手だった。片づけの苦手な男どもの集まりでな、そのぶんおとめがしっかりしてくれていた。単なる女中なんかじゃなかった。皆に重宝がられて、しまいには助手のように用事を言いつけられていたっけな。おとめも、ちょっとした蘭学者だった」

おとめは、とうに二十を過ぎていたのにお嫁にも行かず、おイネと朝吉の世話を焼いてくれていた。働くのが楽しいからと、おとめは言っていた。おイネがオランダ語を覚えると、おとめは殊のほか喜んでくれた。

もっと難しい学問の本も、おとめと一緒に読んでみたい。おイネはそう思っていた。ずっとそばにいられると信じていたのだ。

だが、世間がそれを許さなかった。縁談《えんだん》を断り続けたおとめだったが、一昨年、二十九のときに、とうとうお嫁に行ってしまった。嫁《とつ》ぎ先は、同じ長崎の町の中ではあったけれど、それまでのようには会えなくなってしまった。

そんなお節介がなければ、おとめは今でも元気に俵屋で働いていたかもしれないのに、と思ってしまう。

「長英さん、知っとる？　おとめさん、この春に亡くなったと。おなかの赤ちゃんと一緒に」

帯祝いをしたばかりだった。人があんなにあっけなく命を落とすとは、知らなかった。祖父や伯母を喪《うしな》ったときは、おイネは幼すぎて何もわからなかったから。

お弔《とむら》いに行ったとき、お棺《かん》の中で膝を抱えた姿のおとめは、見たことのない人のようだった。おとめの亡骸《なきがら》には見えなかったから、おイネはいまだに、おとめと永遠に会えなくなってしまったことを信じられずにいる。

長英は遠くのやぶをにらんで、ぼそりと言った。

「知ってるよ。だから来たんだ、長崎に」

「だから？」

「初盆《はつぼん》だろ。おとめとは会えずじまいになっていたが、せめて精霊船《しょうろうぶね》の見送りをしたくてな。さて、ここにいたんじゃ、蚊《か》にやられちまうな。もう十分だ。行くぞ、おイネ」

行き先も告げず、長英はきびすを返した。

六

長英は、夕の七つ半頃（午後五時頃）にオランダ通詞のおえらいさんと落ち合う約束をしているらしい。来た道を戻って、繁華《はんか》な商家の立ち並ぶあたりへ戻ってきたが、まだ約束の頃には早すぎる。

「おやつでも食って、一休みするか」

長英の提案に、おイネは声を弾ませた。

「おやつ！」

「おごってやるぞ。いい店を知らんか？　と言っても、おまえさん、その年だもんな。まだ、よそで買い食いしたり茶を飲んだりすることもねえか。昔行った店がまだあるかねえ？」

長英はあごをつるりと撫でた。ひどく幼い子供扱いされた気がして、おイネはちょっとむっとした。

「ねえ、長英さん。唐菓子は好き？」

「唐菓子っていうと、麦の粉を水と油と砂糖で練って、ねじって揚げたやつとか、そんなんだったな」

「それ、麻花児《マーファル》やね」

「餡《あん》の入った団子に胡麻《ごま》をびっしりつけて、油で揚げたのもあったな。ぜいたくに卵を使った、生地だけでうまい蒸し饅頭《まんじゅう》とか」

「胡麻の揚げ団子は芝麻球《ジーマーチウ》、卵の蒸し饅頭は馬拉糕《マーラーカオ》。あのね、あたしの友達のおふくちゃんち、唐料理屋で、おやつも売っとると。芝麻球はいつもすぐ出してもらえるよ」

「いいじゃねえか。よし、案内しろ」

おイネはにんまりとして、中島川の向こう側を指差した。

「あっち。早く行こう！」

唐通事会所《とうつうじかいしょ》のある本興善町《ほんこうぜんまち》からほど近い袋町に、穎水楼《えいすいろう》はある。唐通事が昼餉を食べに来ることも多いらしい。

おふくの家は唐通事の分家筋で、穎川姓《えがわ》を名乗っている。

穎川家の系譜をさかのぼれば、陳九官《ちんきゅうかん》という唐人に始まるらしい。陳九官は、和名を穎川官兵衛《かんべえ》といって、二百年余り前に活躍していた商人だ。

当時、唐人は長崎の町の好きなところに住むことができたという。今では、オランダ人が出島に住まねばならないのと同じように、唐人屋敷から出てはならない決まりになっている。

陳九官は、羽振りのよい商人であると同時に、通訳としても優れていた。また、長崎に滞在する唐人たちからの信が厚く、顔役としても知られていたそうだ。

唐通事というお役目は、穎川家のように長崎に帰化した唐人の家柄から選ばれる。潁川の「潁」の字は、日ノ本ではめったに使われない。陳九官の先祖が唐土の有名な大河である潁水《えいすい》のほとりに住んでいたので、それにちなんで潁川という和名をつけたのだという。

潁水楼は、一見するに、ありふれた造りの料理屋だ。間口はさほど広くないが、奥行きのある造りになっている。のれんをくぐると、香ばしい油のにおいがする。つんと鼻に残る薬味のにおいも混じっている。

店に足を踏み入れた長英が、鼻をひくひくさせた。

「ほう、においが違うな。異国にでも来たみたいだ」

異国を訪れたためしなどないくせに、そんなことを言う。おイネはちょっとおかしく思ったが、長英の言わんとすることもわかる。確かに潁水楼の唐料理のにおいは、異国みたいだと言い表すよりほかないのだ。

奥の台所まで伸びる細長い土間に、唐土風の卓と椅子が並べ置かれている。小上がりも奥まで続いているが、こちらは畳敷きの日ノ本式だ。二人組の客の前に、お膳で唐料理が供されている。

おふくはまだ帰ってきていないらしい。今日は手習いの後、月琴《げっきん》のお稽古があると言っていたから、おイネとは入れ違いになりそうだ。

と、おイネは眉をひそめた。

おふくの母のおせんが、椅子に掛け、ぐったりとしているのだ。

「おばちゃん？　具合悪かと？」

呼びかけると、初めておイネの姿に気づいたようで、おせんは慌てて笑みを浮かべた。

「あら、ごめんね。おばちゃん、ぼんやりしとった。おイネちゃん、今日は早かとじゃなかかね？」

「用事があったけん、手習いは昼までで切り上げたと。お師匠さまにもちゃんと断りば入れてきたよ。あのね、この人はうちのお客さんで、高野長英さんっていうと。江戸から来たお医者さん」

おせんはおイネの紹介を受け、長英に愛想笑いを向けた。

長英は手近な椅子にどかりと座りながら、おせんの顔をじっと見ていた。

「あんた、顔色が悪いな。妊婦だろう？　無理をするもんじゃないぞ。腹の子は幾月《いくつき》だ？」

おせんは、目立ち始めたおなかのふくらみに手を添えた。

「六か月になります。よう動く子で、胃の腑が押さるっとですよ。それで、今日はちょっと……」

「気分が悪いんなら、立ち仕事はよすんだな。長崎でも鎮帯《ちんたい》や岩田帯《いわたおび》を締める習わしがあるようだが、苦しいと感じるんなら、緩めるなり解くなりするんだ」

長英は、厳《いか》めしく見えるほどにまじめな顔をしていた。よく通る声も、不吉なくらいに静かだ。

商い用の笑みを顔に貼りつけたおせんは、黙って頭を下げ、台所のほうへ引っ込んでいった。入れ替わりに、顔馴染みの女中が表に出てきた。

長英は袂《たもと》から小銭を出して、「これで二人ぶんの菓子と茶を」と適当な注文をすると、難しい顔のままで腕組みをした。顔の造りがごつごつしているので、むっつりと黙り込むと、妙な迫力がある。

おイネは、女中が急いで去っていくのを確かめてから、小声で尋ねた。

「ねえ、鎮帯や岩田帯って、何？」

「腹に赤子が宿ったことを祝うための帯、ということになっている。子を孕んで五か月の頃に帯祝いというのをやって、妊婦に帯を贈るんだ。錦《にしき》の帯じゃあないぞ。鎮帯は、肌の上にじかに締める、木綿の帯だ。胸と腹の境目にきつく締めるのがいいとされる」

おイネは、自分の胸と腹の境のあたりを両手で押さえてみた。ちょうどみぞおちを締めつける格好になって、うっ、と息を詰める。

「苦しか。大人の女の人は平気と？」

「いや、苦しいに決まっている。大人も子供も女も男もねえよ。だが、そこに鎮帯をきつく締めなけりゃ、妊婦の胸や頭に胎気《たいき》というものが回って、そのせいで妊婦が体を損ねてしまうと言われている」

「本当？」

長英は慎重な口ぶりで言った。

「本当ではない、と俺は考えている。気の流れをせき止めようっていうくらいきつく腹を締めつけるのは、それこそ体を損ねるだけだと思う。ましてや、ちょっとしたことが命取りになりかねねえ妊婦の腹だぞ。間違った風習だ。おそらくな」

「おそらく?」

うなずいた長英は、鳴滝塾でのことだ、と前置きをして話を始めた。

「あの頃も、鎮帯についての議論を重ねた。シーボルト先生を筆頭に、ヨーロッパから来た連中は皆、自分の国には鎮帯の風習がないと言っていた。鎮帯なんぞなくとも、女の腹の中の赤子は無事に育つものだ、とな。だが、鎮帯をするのが正しいのか、しないのが正しいのか、答えを出すことはできなかった」

「どうして? 腕の立つお医者さんが集まっとったとでしょ? 妊婦さんは診らんやったと?」

「眼科や外科の手術の評判がよすぎたんで、それ以外の患者を診る機会があまりなかった。それに、そもそもの話だ。日ノ本では、妊婦を医者に診せることをしないだろう?」

おイネは首をかしげた。身近に妊婦がいたことがないのだ。おとめから「赤ちゃんができた」と手紙をもらったときも、それっきりで、会いに行く間もなく亡くなってしまった。

長英は説明を仕切り直した。

「日ノ本では、産科の医術があまり広まっていない。妊婦が世話になるのは産《さん》婆《ば》だけ、お産は医者の出る幕じゃあない、という習わしになっているからだ。しかし、ヨーロッパでは違うらしい。シーボルト先生は産科についてもよくご存じで、日ノ本のお産の事情にもずいぶん関心を持っておられた」

「産婆さんの技じゃなくて、産科の医術なら、男の人でも学んでよかと？」

「そりゃあ当然だ。男でも学ぶことができる。子を産むことそのものは、どうあがいたって男にはできねえが、子を産む女を助ける医術は、男でも女でも身につけることができる。理屈で考えりゃ、そういうことになる。違うか？」

「違わん。そうやね。産科でも何でも、医術ば学ぶことは、男でも女でもできるよね」

腑に落ちる心地がした。

おイネは医術を学ぶことに憧れをいだいている。女の子だからそんなことはしなくていい、と言う者もあるが、長英はおイネの望みを止めようとしない。

それと同じだ。男の医者が産科の医術を身につけて妊婦を助けるというのは、鏡合わせの向かい側。今の世の中では当たり前ではないからといって、おかしいとか間違っているとか、そんなことはないはずだ。

「シーボルト先生は、美馬順三《みまじゅんぞう》という、当時のいちばんの愛弟子《まなでし》に日ノ本の産科について調べさせたそうだ。美馬は、調べたことをオランダ語で論としてまとめていてな、俺もそいつを読んだことがある。よく書けた論ではあったんだが」

「鎮帯や胎気のこと、それでもわからんやったと？　どげんするとが妊婦さんの体のためになるか、書いとらんやった？」

長英は腕組みをしてうなった。

「これが正しい、と断ずる書き方ではなかったんだよなあ。美馬は当時、三十くらいだったか。産科の論を書いただけで、お産に立ち会ったことはなかったんだろうな。だから、どうにも論が弱くなる。鎮帯ねえ。俺が女だったら、手前《てめえ》の体で試してみるところなんだが」

「えっ？」

おイネは驚いてしまったが、長英はけろりとして言い放った。

「だって、答えを知りたいじゃねえか」

「ばってん、自分の体で試すって……」

「鳴滝塾の医者連中は、手前の体を張って薬の効き目を試していたぞ。やけどや切り傷、草の汁で真っ赤に腫《は》れた湿疹《しっしん》をわざとこしらえて、薬を塗るんだ。虫や蛇《へび》にわざと噛まれて毒の回りを調べたりもしたな。唐瘡《とうそう》や目病《めや》みは、患っている者も多かったから、調べがはかどった」

「ええぇ？　長英さんだけじゃなくて、みんなでそげんことしよったと？　変な人ばっかりやね」

長英はにやりとした。

「今までの日ノ本にはなかった新しいことをやろうって考えてる人間が集まっていたからな。おとなしく世の中の決まり事や習わしに従ってばかりのはずがない。変人上等ってもんだ」

「おかしか人たち。ばってん、おもしろか」

変人上等、と長英は繰り返した。それから、少しまじめな顔をして言った。

「おイネ、いつかおまえさんが嫁に行って子を授かる日が来たら、俺が今話したことを思い出してくれ。世の中に広まっている習わしが正しいとは限らねえ。妊婦の腹にきつく締める鎮帯が本当に正しいのか、問い続けてみてくれ」

「別にお嫁になんか行かんでよかばってん……そうやね。長英さんと違って、あたしなら、自分の体で答えば知ることができるかもしれん」

おイネは、胸と腹の境目、みぞおちのあたりを、もう一度ぎゅっと押してみた。やっぱり苦しい。

そういえば、おとめが亡くなる少し前に、おたきに手紙を送っていた。ちらりと見えた文面に、大きくなってきたおなかのことが書かれていた。

まだ五カ月になったところなのに、おなかが大きくなりすぎていて不安だ、と。お姑《しゅうとめ》さんに「みっともない」と言われるのが悲しい、と。

大人同士の手紙だからと、おたきにすぐ取り上げられてしまった。おイネは、朗らかなおとめが不安だとか悲しいとか、そんな言葉を使っていることに驚いて、呆然としてしまった。

「ねえ、長英さん。おなかが大きすぎるとも、妊婦さんの体に悪かと?」

「どうだろうな。聞いた話だが、たとえば豚に比べりゃ、人のお産は大変らしい。豚の赤子は小さいんで、産道をするっと抜けられる。だが、人の赤子は大きい。そういう意味じゃあ、赤子が母親の腹の中で育ちすぎるのは危ういとも言えるのかな。おイネ、何か気になるのか？」

長英の前で言うことに少し迷いが生じたが、結局、おイネはおとめの名を挙げた。

「おとめさんのこと、思い出したと。おなかに赤ちゃんがおる間に亡くなったとばってん、それは何でやったとかなって」

案の定、長英は、いわく言いがたいような苦々しい顔をした。何かに対して怒っているようだが、どこをにらんでいるわけでもない。いらだちがくすぶるまなざしを、長英は伏せた。

「目の前で苦しんでる妊婦なら、救える手立てがあるかもしれんが、とうに命を落とした相手じゃ、医者の俺でもどうしようもねえな」

「そうやね」

おイネは嘆息し、何気なく周囲に目をやった。

隣の卓の上に、見覚えのあるものが置かれている。九連環だ。おイネは席を立ち、九連環を手に取った。

「おふくちゃんのかな?」

おそらくそうだろう。置き忘れてしまったのだろうか。輪の曲がり具合や傷の入ったところなど、昨日さんざん目にしたとおりだ。

九つ連なった輪は相変わらず、細長い輪をしっかりとくわえ込んでいる。昼餉の刻限にもこの卓の上にあったなら、穎水楼を訪れた誰かが挑んでみたかもしれない。それでも、やはり解けなかったのだ。

おイネは、重苦しくなった気配を振り払うべく、九連環をちゃりちゃりと鳴らしてみせた。

「ねえ、長英さん。これ、知っとる?」

長英が頬杖をついて言った。

「九連環か。懐かしいな。いっとき、鳴滝塾でも流行ったぜ。唄もあるだろ?」

「うん。この九連環の謎ば解く人がおったら、その人と夫婦になるっていう唄。おふくちゃんがよく歌いよるよ。これはおふくちゃんの九連環で、家族は誰も解ききれんやったとって。それで、あたしが解くって約束しとると」

「ほう、どこの馬の骨ともわからん男の代わりに、おイネが解いてやるってか？」

「そうだよ。おふくちゃんは、あたしの一番の友達やけん」

「十二の子供が解けるんなら、大したもんだがな。ちなみに、俺は解いたぞ」

長英はさらりと言ってのけた。おイネは耳を疑い、大声を出してしまった。

「えっ？　ほ、本当に？」

「もちろんだ。シーボルト先生の門下では、解けねえやつはいなかったぞ」

「ええぇぇっ、みんな解いたと？」

「おっ、いい顔して驚いてくれるじゃねえか。日ノ本じゅうの英才が集まっていたんだからな。ぱっとひらめいて解いちまった者も、じっくり粘って答えを見つけだした者も、いろんなやつがいたが、しまいにゃ皆解いてたぜ」

おイネは唇をとがらせた。

「解けて当たり前ってこと？」

長英は頬杖をやめ、身を乗り出して言った。

「あのな、おイネ。この世には、答えにたどり着けない問いのほうが多い。そもそも答えのない問いだってある。誰にも解き明かせなかった謎に挑むような学問をやっていると、必ず答えの出る問いの存在に救われる。九連環は、答えのある問いなんだよ。解いて、すっきり気分がよくなる」

「答えにたどり着けん問いって？」

「たとえば、この日ノ本には幾種《いくしゅ》の鳥がいる？　幾種の草花がある？　幾種の虫がいる？　鳥や草花や虫を採取して、これがすべてだと答えてみても、合っているかどうかを確かめる術《すべ》がない。シーボルト先生のもとで挑んでいた学問は、そういう類のもんだった」

長英は手を差し伸べ、貸してみな、と言った。おイネが九連環を手渡すと、長英はかちゃかちゃかちゃと九つの輪をいじり始めた。一手、二手と輪を動かしてみて、思い出したぞ、とつぶやく。

「えっ、長英さん、本当に解けると？」

恐る恐るおイネが尋ねたときには、一つ目の輪が外れている。

「ほい、一つ目。この謎かけは、同じ手を九回繰り返して、すべての輪を外していくんだ。一つ目の輪の外し方がわかれば、あとは同じことをするだけでいい。ほら、二つ目」

「わぁ……」

長英はおイネの目の前で、あっという間に二つ目の輪も外してしまった。

が、そこまでで手を止めた。

「この九連環は、おイネが解く約束になってるんだろ？　だから、俺はここでやめる。今から輪をもとに戻すぞ。よく見てろ。手掛かりを見落とすんじゃねえぞ」

「う、うん」

そうは言っても、長英の手先は器用すぎる。あっという間に九つの輪がもとどおり、きっちりとはまってしまった。おイネもしっかり見ていたつもりだが、すべて覚えることなどできなかった。

ちょうどそのときだ。

おふくの父の寛吉《かんきち》が台所から顔をのぞかせた。

「おう、おイネちゃん。今から豚ば捌《さば》くばい」

「豚！　捌くと？」

「見るか？」

おイネは、ぱっと立ち上がって元気よく答えた。

「見る！」

新しいうちに捌いてしまわねばならない豚と比べたら、そう簡単には錆《さ》びない九連環は、後回しにすべきだ。


唐料理に豚は欠かせない。穎水楼では、立山で飼われている豚を仕入れ、井戸端で捌いている。とどめを刺して血抜きまで終えたところで運ばれてくるのだ。


おイネと長英が勝手口から出ると、豚はすでに吊るされていた。そんな様子を初めて見るらしく、長英が顔を引きつらせた。

「なかなかすげえ光景だな。何の前触れもなくこいつを見たら、化け物が首を吊ってると勘違いするんだろうよ」

立山から出荷される豚は、一頭でおよそ二十七貫（約百一キログラム）といったところだ。こんな重さになると、抱えたり持ち上げたりするのは至難の業《わざ》である。頑丈な柱に梃子《てこ》の要領で吊るして捌くのが、都合がいいらしい。

なまぐさいにおいがする。魚のなまぐささとは違うにおいだ。鹿《しか》や鶏《にわとり》、山鳥を捌くときも、似たにおいがする。獣や鳥のような、肌がぬくい生き物の血や臓腑のにおいなのかもしれない。

「始めるばい」

宣言すると、寛吉は包丁を手に取った。

寛吉の包丁捌きは早業だ。豚の背中を縦にまっすぐ裂くところから始め、あっという間に、肉と臓腑を切り分けては取り出していく。

おイネは、仕事の邪魔にならない程度に近づいて、食い入るように見つめていた。まばたきすら惜しい。よく見て覚えて、後で絵に描き出すのだ。

少しずつ描き進めている豚の臓腑の図は、完成までまだかかりそうだ。どこにどんな形の臓腑が収まっているのか、この場でじっくり描き写すことができればよいのだが、そんなことをしては、肉がたちまち傷んでしまう。

長英は、あきれ半分に感心していた。

「こんなありさまを前に目を輝かせる女の子がいるとはな。怖くねえのか？」

「怖くなかよ」

「肝が据わってるんだな」

「あのね、医者の長英さんは当たり前って思うかもしれんばってん、どの豚も体の中は同じ。五臓六腑《ごぞうろっぷ》がぎゅっと入っとっと。ううん、五臓六腑って言ったら、臓腑ば足して十一だけしか入っとらんみたい。違うとよ。もっとたくさん、いろんな形の臓腑が、胴の中に収まっとる。肉の形も、場所によって全然違うと」

「おイネ、そいつを知るのが楽しいか？」

「うん。不思議で、楽しか」

「そうかい。豚だけじゃあねえぞ。人の体の中も、こんなふうに臓腑が詰まっているそうだ。膜《まく》に包まれた肉が、骨と骨をつなぐようにくっついて、肌の下に収まっているらしい」

おイネは長英を振り向いた。

「やっぱりそうなんだ」

「人の体の腑分《ふわ》けの図、見たことないか？　オランダ渡りの医書に、図も説も詳しいものがあるぞ」

「見たことなか。知りたかとに、教えてくれる人が長崎におらん」

「そうだったな。おイネはこんなに知りたがりに育ってんのに、もったいねえ話だ。よし、おイネ、大人になったら長崎から出てこい。俺がシーボルト先生に鍛《きた》えてもらったように、俺がおイネに医術を教えてやるよ」

思いがけない言葉だった。おイネはびっくりして、それ以上に、わくわくした。

「本当？　あたし、長崎から出て医術の修業に行ってよかと？　長英さんが教えてくれる？」

「おうよ。そんな日が来りゃあいいな。俺はそのつもりでいるから、おイネこそ頑張れよ」

「うん！」

寛吉が豚を捌きながら、おやおやと声を上げた。

「今どきの女の子は、昔とは違うたいね。おふくも、おイネちゃんのごと、たくましゅうなってくれてよかとばってん」

勝手口から女中が顔をのぞかせた。

「お二人さん、お茶とお菓子の支度ができましたよ」

はぁい、と、おイネは元気よく返事をした。

長英は少しだけ、げんなりした様子を見せた。

「……豚の腑分けを見たすぐ後に、菓子なんぞ食えるもんかよ」

「長英さん、食べんと？」

「おイネ、おまえさん、強いな」

七

ゆっくり座って飲み食いするのが苦手な長英は、揚げたての芝麻球を一つつまんで茶を飲むと、残りを油紙に包んでもらって早々に席を立った。もちろんおイネも同じように包んでもらい、長英についていく。

袋町から緩い坂を下って中島川に至ると、橋を渡った。銀屋町《ぎんやまち》を東へ向かって突っ切ったら、大音寺《だいおんじ》の門前に至る。

大音寺の敷地は、山手に向かって広がっている。このあたりは大きな寺がいくつも並んでいるのだが、どこも同じような景観だ。

長英は芝麻球をかじりながら、蝉しぐれの境内をずんずんと進んだ。本堂のすぐ裏手から坂を上って、僧坊や墓場を横目に通りすぎていく。

明日、十一日からは墓場でもお盆の支度が始まる。掃除をし、灯籠掛《とうろうか》けや花台などを出しておくものだが、今日はまだ静かなものだ。いくぶん気の早い長崎者でも、お盆の習わしを破ることはしないと見える。

西日がまぶしい刻限になっている。山を段々に切り開いた墓場は、真正面から日の光を浴びて明るい。

「どこまで上ると？」

「もう少しだ。待ち合わせの墓場がこの先なんだよ」

「お墓で待ち合わせ？」

「とはいえ、相手は生者だ。残念ながらな」

「長英さん、幽霊に会いたかと？」

「一度は見てみたいだろう？　あの白い着物の下がどうなってんのか、とっつかまえて、ひんむいてやるんだ」

「そげんこと言う人のところには、幽霊も出らんと思うよ」

長英はやがて目的の場所に至ったらしく、足を止めた。

中山《なかやま》という姓が刻まれた墓石が、整然と並んでいる。掃除が行き届いているのが見て取れた。お盆が近いからというわけではなく、いつでもきれいにしてあるのだろう。

おイネは墓場に足を踏み入れる前にお辞儀をした。心の中で「お邪魔します」と言ってから、墓石のほうに近寄ってみる。

「誰のお墓？　長英さんの知っとる人？」

「いや、墓の下には知人なぞいない。毎日ここに散歩に来る人と、鳴滝塾でよく顔を合わせてたんだ」

長英がそう言ったときだった。まるでその言葉に招かれたかのように、長英の待ち人が姿を現した。

がっしりとした体つきの男の人だ。髪には白いものがあるが、お年寄りとはまだ言えない。たぶん五十いくつかの年頃だろう。

手桶《ており》を持ち、しっかりした足取りでずんずん坂を上ってきたその人は、あっという間に中山家の墓場に至った。長英の姿を認めると、しかめっ面になった。

「本当に現れおったな、高野長英。お騒がせ者めが。頭ば剃って医者になったか。二本差しの生意気か青二才やったとが、貫禄《かんろく》のついたもんばい」

長英はにやりとした。

「こりゃどうも。あんたは老けたな、作三郎《さくさぶろう》」

「何じゃ、そん口の利き方は。年長者ば敬わんか。ほんなこつ、今頃になって何ばしに来たとや？」

「手紙に書いただろ？　十年前、人に預けっぱなしにしていたものを取りに来たんだ。ほかにも心残りがあったんで、どうしても長崎の地を踏まなけりゃならなかった」

「ふん、勝手なもんたい」

「俺は長崎からの所払いを命じられちゃいねえ。お役人に訴えられるようなことは、まだしたことがねえ。念には念を入れて、江戸の仲間にも口裏を合わせてもらって、長英は江戸にいるってことになってるから、あんたも安心しな」

近くに並んでみると、背の高い長英と同じくらい、その人も体が大きかった。

おイネはあいさつをしようとして、あの、と声をかけた。すると、その人は長英に対するのとはまるで違う優しい顔つきになって、少し体をかがめて、おイネに名を告げた。

「私は、中山作三郎という。代々オランダ通詞ば務める家の出で、長崎に鳴滝塾のあった頃もずいぶんと関わっとった。おかげで、こん傍迷惑《はためいわく》な蘭学かぶれの高野長英とも付き合いがあるとじゃ」

オランダ通詞の中山と聞いて、おイネは、あっと声を上げた。

「大通詞の中山さま！」

「おや、知っとったか」

「お名前だけ。あたし、イネっていいます。出島で生まれた、イネです」

作三郎はうなずいた。おイネの顔を見たときから、わかっていたのだろう。

「ふとうなったね。お父さんにもお母さんにも似た、べっぴんさんばい」

作三郎がおイネのことを知らないはずがない。シーボルトが出島で過ごしていた頃、最も懇意にしていた通詞の一人が、この作三郎なのだ。

長英が口を開いた。

「大通詞の仕事で忙しいあんたと、人目につかずに話せる機会は限られる。墓参りを兼ねた散歩の習慣が変わっていなくて助かった」

作三郎は淡々と応じた。

「長崎は、特別たい。日ノ本の法に従うことのできん罪人が行き交う町でもある。おぬしと同じ手立てで、何とかして私と話そうとする者も少なくなか。とはいえ、ご先祖さんの見とる墓場で悪かこつばしたがる者もめったにおらんけんな。ここで話すとが、私の身ば守るこつにもなる」

作三郎は、持ってきた手桶の水を柄杓《ひしゃく》で墓石にかけていく。

一つ、周囲のものよりひとまわり小さく、質素な墓石があった。作三郎がその墓石に水をかけると、刻まれた名がくっきりと見えた。

美馬順三。どこかで聞いた名だ。

長英もおイネと同じように、その墓石の名を見つめていた。

「俺は、美馬順三とは会ってねえんだよな。美馬がコレラで命を落としたすぐ後に、俺が長崎にたどり着いた。ちょうど入れ替わりになったんだ」

作三郎は墓石に語りかけるように、柔らかな声で言った。

「穏やかで丁寧で、笑顔の優しか男やった。オランダ語にも優れとって、シーボルト先生のいちばんのお気に入りやった。今少し長く生きることができれば、鳴滝塾の血気盛んな連中も、いくらかおとなしゅうしとったろうに」

おイネは唐突に思い出し、ぽんと手を打った。

「わかった、日ノ本の産科についてオランダ語で論ば書いた人！」

作三郎が振り向き、目を丸くした。

「なぜ知っとる？」

「さっき、長英さんから聞いたとです。優れた人やったとですね」

「ああ。もしも順三どのが生きとったら、おイネさんの養育はきっと順三どのが引き受けとったろう」

見も知らぬ人のことを言われても、どう受け止めていいのかわからない。おイネは、気になったことを問うた。

「あの、順三さんは、病気で亡くなったとですか？」

長英が答えた。

「コレラっていう疫病にかかっちまったそうだ。腹を下して治まらず、体じゅうの水気を根こそぎ奪われて、熱が下がらず弱って死んでいく。年寄りや子供がかかるといちころだが、大の大人にとってもまずいってことだ」

「その病気、どげんしてかかると?」

「おイネも知ってると思うが、疫病は海の向こうから、まず長崎に入ってくる。古来、日ノ本にはコレラが存在しなかったが、俺たちが調べた限りでは十六年前、文政五年（一八二二）に入ってきたようだ。美馬が死んだのは、その三年後。まだ正体のつかめねえ病だったのさ」

「鳴滝塾は、医者がいっぱいおったとでしょう? それでも、順三さんば助けられんやったと?」

作三郎が沈んだ顔をして、おイネの問いに応じた。

「手ば尽くしたばってん、だめやった。シーボルト先生も痛恨の極みやったろう。愛弟子ば死なせてしもうては、面目《めんもく》の立たん。あまりにつらそうで放っておけんやったけん、我が家の墓地に引き取って、こげんして供養《くよう》しとっとじゃ」

長英が低い声でつぶやいた。

「医者が目の前の患者にしてやれることなんて、わずかなもんだと感じることがある。今の世の医術は、たかが知れてるんだ。所詮《しょせん》、手前は無力なんだという嘆きと、俺はいつも闘ってるよ」

作三郎が眉を掲げた。

「ほう、殊勝《しゅしょう》なこつば言うごとなった」

「うるせえ。そろそろ本題に入らせろ。絵師の川原慶賀の行方《ゆくえ》を知りたい。今、やつはどこにいる？　生きてるんだろう？」

がらりと、作三郎の気配が変わった。作三郎は目を細めた。

「なぜ、そげんこつば知りたがる？」

「どうだっていいだろう。答えろ。長崎きっての事情通のあんたなら、知らねえはずはない。しかも、川原慶賀は、かのシーボルト騒動のど真ん中に巻き込まれてもいる。大通詞のあんたが、あの男をほったらかしにできんはずだ。今、川原慶賀がどこで何をしてるか、知ってるんだろう？」

「慶賀どのに会いたがる、そんわけば聞かせろ。それ次第たい」

「俺は、あいつに預けたものを受け取りに来たんだ。言っておくが、あいつを危うい目に遭わせるつもりは微塵《みじん》もねえ。むしろ、俺が預けたものをあいつが持ち続けているほうが危うい。だから、あいつの居所を教えろ」

作三郎は、探るような目で長英を見据えていた。長英は目をそらさない。

沈黙が落ちた。

風が山を渡っていった。墓場に覆いかぶさるように葉を茂らせた笹が、いっせいにざわざわと鳴った。

作三郎は根負けしたように、長英に答えた。

「……家は西山《にしやま》。妙見社《みょうけんしゃ》より山奥に行ったところに、小屋んごた家ば建てて住んどるらしか。名ば変えとるばってん、今でん町絵師として暮らしば立てとる」

長英は、西山だな、と繰り返した。それから確かめる口調で言った。

「名を変えたと言ったが、田口《たぐち》と名乗ってるんだろう?」

「よう知っとるな」

「江戸で見つけた。オランダ渡りの書物を蒐集しておられる殿さまの書庫で、新たに手に入れた長崎の絵があるからと見せていただいたら、間違いなく川原慶賀の絵だった。ところが、署名は田口とあって、どういうことかと思ったんだ」

作三郎は納得したような、あるいは観念したような顔でうなずいた。

「ばってん、慶賀どのには迷惑ばかけるなよ」

「わかってらあ。恩に着る。後で中山家に酒でも届けてやる」

「いらん。あん騒動に関わった者同士がいまだに親しゅうしよったら、どこで誰にいらん詮索ばされるか、わかったもんじゃなか。私は帰るぞ。墓ではおイネさんとしか会うとらん。おイネさん、誰かに何か訊かれるこつのあったら、美馬順三の墓参りばした、とだけ答えてくれろ。よかか？」

はい、と、おイネは神妙に応じた。

今さらながら、シーボルト騒動の爪跡をありありと感じてしまった。作三郎が長英とのつながりを否むのも、無理のないことだ。オランダ通詞たちは厳しい取り調べを受けたというし、その中には、永牢になった者が三人もいたのだ。

帰ると宣言したとおり、作三郎はさっさと立ち去ってしまった。長英は黙ってその後ろ姿を見送っていたが、生い茂った楠の葉が作三郎をすっかり隠してしまったあたりで、おイネに水を向けた。

「おイネ、西山への道はわかるな？」

「わかるよ。西山の登り口あたりの妙見さんまでは行ったことがあるけん」

それより先、長崎の町を出たことはないのだが。

長英は、よしと言って笑った。

「じゃあ、また案内を頼むぞ、相棒」

おイネは不安を呑み込んで、元気よく答えた。

「任せて！」

第三話　出島絵師と墓参り

一

長英と一緒に鳴滝に行ったり墓場で大通詞の中山作三郎と話したりした日から、三日が過ぎた。

あの日の翌日、すなわち七月十一日、長英は朝から出掛けていって、二晩帰らなかった。十三日、お盆の精霊飾《しょうろうかざ》りをする日の夕刻になって、ようやく長英は戻ってきた。

「どこに行っとったと？」

おイネが訊いてみても、長英はちゃんと答えてくれなかった。雲仙《うんぜん》だか諫早《いさはや》だか琴海《きんかい》だか、はっきりしないようなことを言って煙に巻くばかりだった。

大音寺の墓場で作三郎が放った言葉を思い出す。あの騒動に関わった者同士が親しくしていれば、あらぬ疑いを招いてしまうという。騒動の起こりから十年、裁きから九年経った今でもそうなのだ。

きっと、長英はこの三日の間に、シーボルトや鳴滝塾に関わりのある者と会ってきたに違いない。

「危なかことはやめてよ」

おイネは思わず、長英にそう告げた。長英は唇の両端をきゅっと持ち上げてみせたが、その表情は笑みではないようにも見えた。

七月十四日。

お盆の間は手習いが休みなので、子供も皆、家の手伝いに駆り出される。おイネの場合は、もっぱら楠本の家に張りつくことになる。

俵屋のほうは親戚が一人もいない。仏壇には和三郎の兄の位牌《いはい》があるだけだ。和三郎の母はずいぶん早く亡くなり、父は商いの先で物故したために、両親が葬られた墓の場所もわからないらしい。急病で亡くなったときに行き場のなかった和三郎の兄は、楠本家の墓場の隅にひっそりと葬られている。

一方、母方の実家である楠本の家には親戚が集まる。毎年、おイネも朝吉もそちらに行かねばならない。特に仕事はなく、ただ座敷にいて、三々五々にやって来る親戚や知人の前で行儀よくしておくのが役目だ。大人の話は右の耳から左の耳へ素通りしてしまう。退屈でたまらない。

しかし、今年は長英が俵屋にいる。十三日の夕刻に帰ってきた長英は、店の表に家紋の入った灯籠が立てられるのを見物すると、おイネに言ったのだ。

「明日は西山のほう、案内を頼むぞ」

驚いたような怒ったような声を上げたのは、おたきだった。

「ちょっと、長英さん、困るとですよ。明日はお盆で親戚の集まるけん、おイネは楠本の家におらんばならんとです」

「一日じゅうか？」

おイネは、長英とおたきの間に割って入った。

「おかしゃま、お願いします。あたしは長英さんの手伝いばしたかと。長英さんは、今の長崎のことはよう知らんけん、道案内が必要なときもあるとよ」

おたきはため息をつき、恨めしげに長英を見やった。

「なしてわざわざお盆に来らしたとですか？　長崎では、お盆のお墓参りは、ほんなこつ大事かとですよ。よその人にはわからんかもしれんばってん」

ぶつぶつ文句を言いながらも、おたきは結局引き下がった。夕方のお墓参りには必ず顔を出すこと、という約束になった。

おイネは長英に感謝した。おイネだけでは、こう簡単におたきの考えを曲げさせることなどできない。口喧嘩《くちげんか》になっても、しまいに泣き落としで負かされるのは、おイネのほうなのだ。

お盆のお墓参りがどれほど大事なことなのか、正直なところ、おイネもぴんときていない。死というものがよくわからないせいだ。

その点、朝吉は違う思いを抱いているようだ。おイネが楠本の家の集まりに遅れていくことを知ると、眉を吊り上げ、藍《あい》色の目をぴかりと光らせた。

「罰当たりだぞ、おイネ」

「どういう意味？」

「わからんと？　仕方んなかとかな。おイネは、おいのおかしゃまのこと、一つも覚えとらんけんな」

叩きつけるように言って、朝吉は仕事に戻っていった。帳場《ちょうば》で大福帳《だいふくちょう》の整理を手伝っているらしい。番頭さんが言うには、朝吉は算術が得意で目端が利くので、商売人に向いているのだとか。

手習所にいる同年配の男の子より、朝吉ははるかに大人びている。いつ頃からあんなふうになったのだろう？　手習所を辞めたいと言って泣いた二年前の冬の日は、頼りなく情けないばかりだったのに。

七月十四日は朝餉《あさげ》の後、まだ涼しいうちから、おイネと長英は動きだした。

「さて、行くかね。案内を頼むぞ、おイネ」

長英は、二升入りの大きな徳利《とっくり》を肩に引っかけている。これから会いに行く川原慶賀への手みやげのようだ。

「帰りは、別に急がんちゃよかけんね。お墓参りは、顔だけ出せればよかと」

おイネは念を押した。おたきは昨日からずっと機嫌が悪そうだった。

お盆を迎えた長崎は、町じゅうがそわそわしているように見えた。二ヵ月後におこなわれるおくんちほどではないが、精霊流《しょうろうなが》しも盛大なのだ。路地の隅や火除《ひよ》け地などで精霊船《しょうろうぶね》が造られているのが、ちらほら目に留まる。

東築町から少し坂を下って東へ向かい、中島川に架かる大橋を渡る。すでに俵屋から十分に離れている。おたきや朝吉も追いかけてきてはいない。おイネはそれを確かめると、ようやく風呂敷包みから十徳を取り出して羽織った。

「気に入ったのか、それ」

「うん」

「日差しがあるときに黒い上着なんぞ羽織ると、暑いだろ？　しかも、医者の格好だ。辛気《しんき》くさいことこの上ねえ」

「それでも、着たかと。辛気くさくなかよ。格好んよか」

母の化粧部屋の鏡台で映してみると、黒い上着を羽織った姿は、きりりと引き締まって見えた。大人びてもいるし、男っぽくもあった。

こんな格好をした女の子は、長崎じゅうを探しても、きっとほかにいない。それが嬉しくて誇らしかった。

どのみち、おイネはほかの誰とも違うのだ。明るい色の髪に、青と灰の間の色をした目、細く通った鼻筋、象牙《ぞうげ》色の肌、長い手足。

異人の子だと後ろ指差されるのは腹が立つが、みずから望んで「ありふれた子供」から外れてみたら、何だかすっきりした。

長英はおイネに尋ねた。

「俵屋の者の前では着ないんだな。あれこれ言われて厄介《やっかい》だからか？」

「厄介とまでは言わんよ。ただ、あたしがおかしか振る舞いばしたら、おかしゃまが嫌がるけん」

「男物の上着を身につけるのは、おかしな振る舞いか」

「たぶん」

「ま、親に知られたくねえ隠し事の一つや二つ、あってもおかしくはない。俺も医者になりたいっていうのは、実の母にも養い親にもなかなか言い出せず、下手を打っちまった。しまいには家出同然で水沢を飛び出しちまったもんな」

おイネは目を丸くした。大人は普通、子供の頃に下手を打った話など、教えてくれるものではない。

「何でおかしゃまたちに言えんやったと？」

「そりゃあ、武家の男児はお家を継ぐのが務めだからな。武士として生きるか、医者になるか、どちらかしか選べなかったんだよ」

「長英さん、跡継ぎやったと？」

少し込み入った話になるが、と長英は前置きをした。

「俺は兄貴がいたんで、本家を継ぐことはできなかった。だが、才気煥発《さいきかんぱつ》なのを見込まれて、親戚の養子になったんだ。その家には男の子が生まれなくて、跡継ぎがいなかったからな」

おふくの兄が、似たような事情で唐通事の伯父の養子になっている。唐通事のお役目は、代々引き継いでいかねばならない仕事だ。唐料理屋になるより重要だからと、おふくの兄は唐話を学ぶことを定められた。

「長英さんの家は、どげん仕事ばしよったと？」

「俺の養家のような片田舎《かたいなか》の武家は、その土地を治めるのが務めだ。俺はその務めを継ぐべきだったんだが」

「土地ば治める仕事より、医者になりたかったと？」

「ああ。子供心に、武士でいるより医者になるほうが水沢のためになると思っていたんだ。学問をやりたかった。病やけがを治すだけじゃなくて、人が病にならない暮らしをするにはどうしたらいいのか、いい案を知りたかった」

「人が病にならん暮らし？」

「俺が生まれ育った水沢では不作続きで、腹が減ってたまらねえ暮らしだったって話、しただろう？」

「うん。ひもじか思いばしよったとでしょ？」

「飢えてやせこけると、人は病にかかりやすくなる。ちょっとした風邪《かぜ》をひくだけで、あっという間に具合を悪くして死んじまう。だから、水沢の暮らしをよくするには、病を治す術《すべ》を知るだけじゃ足りない。暮らしそのものから変えなけりゃだめだ。そう思ったら、じっとしていられなかった」

長英の横顔を見上げると、笑っていた。頬にはえくぼのような縦長のくぼみがくっきりとできている。

でも、楽しくて笑っているのではないのだと、おイネにもわかった。人は、どんな顔をしていいかわからないとき、とりあえず笑ってみるのだ。

おイネは言葉を探した。幼子のような言葉しか見つからなかったが、何か言わねばならないと思った。

「長英さんは、えらか。ちゃんと医者になっとるもん。学問も続けとるもん。頑張ったとね」

ちょっと驚いた顔をした長英が、おイネのほうを見た。それから、再び笑った。

「おうよ。俺はずっと頑張ってきたし、今も頑張ってんだ」

今度は本物の笑顔だった。


長崎の町は周囲を山に囲まれている。川と海のそばにかろうじて平地があり、そこに出島などの築島《つきしま》を造ったり、埋め立てたりして土地を広げ、町を築いている。たとえば新地の唐人《とうじん》荷物蔵《にもつぐら》も、長崎湊を訪れる唐船が年々増え、商いの規模が大きくなるのにしたがって造られた築地《つきじ》だった。

高台に建つお諏訪《すわ》さんの鳥居を下から眺めながら、西山の坂を上っていく。さらに進んで、妙見さんの鳥居の前を通り過ぎると、おイネは思わず、ほう、と息をついた。

「ここから先、初めてだ。あたし、長崎の町から出たことがなかけん」

「正月の岩屋山詣《いわやさんもう》でも、七高山《しちこうさん》めぐりも、したことがねえのか」

岩屋山は長崎の北にそびえる山だ。そのふもとまで、長崎からは三里（約十一・八キロメートル）ほどの道のりになると聞いている。正月一日から十五日までのうちに岩屋山に登れば、その年は健《すこ》やかに過ごせるという。

同じように、無病息災《むびょうそくさい》を願っての七高山《しちこうさん》めぐりというのもあって、こちらは時季を問わずにおこなわれている。長崎の町を囲む七つの山、愛宕山《あたごやま》、彦山《ひこさん》、豊前坊《ぶぜんぼう》、秋葉山《あきばやま》、七面山《しちめんさん》、金比羅山《こんぴらさん》、岩屋山を一日でめぐるという遊山の一種だ。

おイネは唇をとがらせた。

「あたしが登ったことがあるとは風頭山だけ。おかしゃまが、七高山めぐりは子供には無理、岩屋山も遠すぎるって言うと」

「そんなもんかねえ。確かに、子供だけで行かせるのは危ういが」

「やったらならんっておかしゃまに言われとること、たくさんあるとよ。精霊流しも真夜中やけん、子供が起きとったらならんって決められとっと。やけん、ちゃんと見たことなかと。精霊流し」

「ずいぶんとまあ、箱入り娘として育てられてるんだな」

「おとしゃまはこっそり、岩屋山くらいよかろうって言ってくれる。ばってん、おかしゃまにはかなわんけん、あたしはどこにも連れていってもらえん。いつも留守番よ。窮屈か」

峠道《とうげみち》は人通りがそれなりにあるようで、思いのほか幅が広く、しっかりと踏み固められていた。道の両側は雑木林だ。山を渡る風が心地よい。木漏れ日が降ってくる。

時折、がさがさと茂みが鳴る。山鳥か、いたちか、たぬきか、いのししか。蛇《へび》や虫が出てくることもある。おイネは平気だが、おふくちゃんとは一緒に来られんな、と思った。

「かぶと虫がおったら、朝吉に持って帰ってやろうかな」

「おっと、こいつは意外だな。朝吉は虫が好きなのか?」

「うん。もっと子供やった頃は、ずっと虫ば見とった。朝吉は物覚えがよかばってん、虫のことになったら特別。いつどこでどげん虫ば見たって、本当によう覚えとったと」

「へえ。血筋かねえ。ビュルゲルもそういう才の持ち主だった」

「ばってん朝吉、近頃は虫の話もせんごとなった。一所懸命に覚えよっとは、仕事のことばっかり。まだ子供なのに、大人んごたあ」

仕事熱心なのは、決して悪いことではない。大人たちも朝吉のことを誉めている。

だが、おイネはちょっと嫌な気持ちになってしまう。朝吉の邪魔をしたいわけではない。ただ、怒ったような顔ばかりしているのが気掛かりだ。

そうだ、心配なのだ。朝吉は、好きだったはずの虫のことさえ、まるで忘れたかのように振る舞っている。一足飛びに大人になろうとしているみたいだ。

そんなのはきっと苦しいことのはずなのに。

長英は、つるりと額を撫でて言った。

「暇を見つけて、朝吉を虫取りに誘ってみるかね。鳴滝塾でも虫取りをしたもんだぜ」

「おもしろかよね、虫取り」

「ああ。俺の郷里と比べると、長崎は暖かいから、いろんな種の虫がいる。青い蝶《ちょう》はとりわけ美しかった。この世には、俺の知らねえおもしろい生き物も美しい生き物も、ごまんといるんだ。果てがないと感じて、嬉しくなった」

「果てがなくて、嬉しかと？　答えの出らん学問は、苦しかとでしょ？」

「苦しくて、それ以上に嬉しいね。答えのない謎に挑むのはくたびれるが、この上なく楽しいことでもある。たやすくすべての答えが揃っちまうんじゃあ、つまらねえ。果てがないからこそ、挑み甲斐《がい》があるってもんだ。俺のやりたい学問に満足な答えが出るよりも、俺の人生が終わるほうが先だろうよ」

長英は言い切って、重たげな徳利を肩に背負い直した。大股でのしのしと進んでいく長英の歩みは、少しも変わらず力強い。おイネはせかせかと草鞋《わらじ》の足を動かして、長英に遅れることなくついていく。

二

峠道から細い脇道が生えていた。長英はそこで足を止め、周囲の木々を指差して確かめた。

「くぬぎの大木、やぶ椿《つばき》、あけび、松と、背の低い蘇鉄《そてつ》。ここから脇道に入るんで、間違いないだろう」

「目印ば知っとっと？」

「ま、ちょいとな。人に聞いたんだ」

きっと長崎を留守にしていた三日の間に、川原慶賀について、より詳しい話をつかんできたのだろう。

果たして、その分かれ道から二町（約二百十八メートル）も行かないうちに、板葺《いたぶ》き屋根の家が見えてきた。お盆の迎え灯籠が表に出ている。何となく思い描いていたような粗末《そまつ》な小屋ではなく、しっかりした建物だった。

長英は気負った様子もなく、戸口に立って声を張り上げた。

「おおい、川原慶賀！　いるんだろう？　あんたを訪ねてきた客だ。高野長英さまだぞ。ここを開けろ！」

板戸をがんがんと叩く。

すぐには返事がなかった。長英は、それでも「おおい！」と声を上げ、戸を叩き続けた。

やがて、大声と物音に耐えかねたように、中から人の気配がした。

「せからしか。昔の名は捨てた」

戸が開いた。

よれよれの着物の男が、大柄な長英をにらんでいた。

男のもじゃもじゃとした髪は灰色、半端に伸びたひげも灰色だ。お爺さんのようにも見えるが、眼光は鋭い。

長英は、にっと笑った。

「登与助《とよすけ》よ、やはり川原慶賀とはもう名乗っていねえんだな。今は田口と名乗っているんだろう?」

「どこで知った?」

「江戸であんたの絵を見た」

「ほ、江戸とな」

「ああ。事細かに描き込まれた、オランダ船の石火矢の絵をな。名を変えてまで、危ういことに首を突っ込んでるってわけだ」

石火矢は、大筒《おおつづ》や大砲とも呼ばれる。船の舷側《げんそく》に備えてあって、長崎では入港や出港の合図として打ち鳴らすものだ。しかし、もちろんのことながら、いざとなれば武器として使われる。

男は、ふんと鼻を鳴らした。

「頼まれたもんば描く。おいの仕事は、それだけたい。危うかろうが何だろうが、銭《ぜに》ば払《はろ》うてくれる客には応える。ばってん、おまえさんのごた騒がしか男ば招いた覚えはなか。帰れ」

「おお、つれねえな。あんた、昔はそんな偏屈《へんくつ》じゃあなかっただろう？　年を取って頑固爺《がんこじじい》になっちまったかい。手ぶらで来たわけじゃあねえぞ。ほら、酒だ」

長英は、肩に引っかけていた徳利を男のほうへ突き出した。男はうっとうしそうに手を振って、ぎょろりとした目を長英からおイネへと向けた。

おイネはまっすぐ見つめ返した。

ぶっきらぼうな印象が先に立って怖そうに見えたが、ちゃんと向き合ってみれば、さほど大きな人ではない。背丈はおイネよりいくらか大きいくらいだ。

と、男が目を剥いた。

「たまげた！　おまえさん、もしや、おイネ嬢ちゃんか？」

「あたしのこと、知っとっとですか？」

「知っとるも何も、おまえさんがおかしゃまと一緒に出島に住んどった頃は、毎日んごと、おまえさんの絵ば描いとった。おいは、登与助たい。号は川原慶賀ばってん、実の名は登与助で、おまえさんのおとしゃまも、そげん呼んでくれよらした。覚えとらんか？」

　おイネが出島で暮らしていたのは、三つかそこらの頃までだ。ほとんど何も覚えていない。

　小首をかしげたおイネに、長英が告げた。

「この男は、見てくれは冴えねえが、天賦《てんぷ》の才の持ち主なんだ。じっくりと見たものを紙の上に写し取る技においては、天下一品なんだよ。こいつにかかりゃあ、しゃれこうべから生前の顔が復原できるほどなんだぜ」

「大げさな話ばするな。ばってん、おイネ嬢ちゃんの顔は見忘れとらん。ふとうなったたな」

登与助が懐かしそうに目を細めた。しわくちゃの笑顔になると、俄然《がぜん》、優しそうに見えた。おイネはちっとも思い出せないが、笑い返してみせた。

長英が言った。

「実は今、俺が長崎にいられるのは、おイネが宿を貸してくれているからなんだ。ほかに頼れるあてもないんで、おイネが俵屋の客間に通してくれたときは助かったぜ。しかも、おイネはこうして、俺が人を訪ねて歩くのにも辛抱《しんぼう》強く付き合ってくれている。まったくもって、本当にいい子だろう？」

登与助は長英を苦々しげに見やった。にらめっこのようにしばらく見合っていたが、結局、登与助が折れた。長英の手からひったくるようにして徳利を受け取ったのだ。

「おイネ嬢ちゃんにこげん山ん中まで来てもろうて、追い返すわけにもいかん。入れ。表におったら、蚊《か》にやられるやろうが」

出島出入りの長崎絵師として名高い川原慶賀とは、登与助の号である。歳は五十三。

登与助は、町絵師の家に生まれた。出島や唐人屋敷などに関わりのあるお役目ではなく、長崎の市中で絵の注文に応えるのが町絵師だ。

長崎の町絵師にとって特に大事な仕事に、お絵像《えぞう》の作成がある。お絵像とは、本人そっくりな姿絵のことだ。正月、お盆、そしておくんちのときは家にお絵像を飾り、お供えをして故人をしのぶ。それが長崎独自の祖先の祀《まつ》り方である。

登与助は、ほんの子供の頃から、お絵像を描くのが得意だった。目に映るとおりに、相手の姿を紙の上に写し取る。そのままを写しすぎて、客の顔はもっと美男子に描いてやるものだと、父に苦笑されたこともあった。

そんな登与助を見出したのは、石崎融思《いしざきゆうし》という絵師だった。石崎家は、唐絵《からえ》目利《めき》きといって、唐土《もろこし》渡りの高価な絵の目利きをするお役目に代々就いている。融思は絵師であり役人でもあって、その力は絶大だった。

融思の口利きで、登与助は出島出入り絵師となった。

登与助の画才は、日ノ本古来の画法に加え、ヨーロッパの精密な画法と出会うことで、見事に開花した。

登与助の運命を変えたのは、シーボルトだった。二十八で出島の商館医として着任したシーボルトは、登与助より十ほど年下である。だが、登与助にとっては雇い主であり、かけがえのない仕事を任せてくれた恩人でもあった。

シーボルトは、動植物の精密な絵を描くことを登与助に求めた。また、長崎の情景や出島の日常、人々のお絵像を描くことをも求めた。登与助は画技を磨《みが》きに磨いて、シーボルトの求めに完璧に応じてみせた。

登与助は、シーボルトのもとにあった六年ほどの間に、凄《すさ》まじい数の絵を描いた。人の目に映る風景をそのまま落とし込んだ、奥行きのある遠景。一瞬の表情を逃すことなく、細かに生き生きと写し取った人物画。登与助の絵筆が生み出す長崎画は、後にも先にもない独特のものとなった。

隠れ家のような登与助の家には、息子の登七郎《とうしちろう》もともに暮らしているらしかった。

登七郎は、今は買い物のために長崎に行っているという。長英も登七郎のことを一応知っているようで、「でかくなったんだろうな」と言っていた。十年ほど前、長英たちが鳴滝塾に学んでいた頃は子供だったのだろう。

おイネは、登与助の部屋の入口に立って、言葉を失った。

墨《すみ》と顔料のにおいに満ちた部屋は、絵であふれかえっていた。板張りの床は、足の踏み場がない。墨がしっかり乾くまで待っているのかもしれない絵もあれば、彩色の途中のもの、反故《ほご》にされてくしゃくしゃに丸められたものもある。

壁にも、隙間《すきま》なく絵が貼られている。掛軸《かけじく》として飾られているものもあれば、何枚もの絵を貼りつないだ大絵、一度仕上げたものの直すべき箇所に書き込みがされているものもある。

登与助は絵を踏みながらずかずかと部屋に入っていき、どかりと椅子に腰掛けた。振り向いて、長英とおイネのほうに筆を突きつけた。

「勝手に入ってきちゃならんばい。今はきりが悪か。もうしばらく、そこで待っとれ」

登与助は机に向き直り、板面に覆いかぶさるようにして絵の続きに取りかかった。背中の丸まったその後ろ姿は、おイネにとって、少し不思議なものに思えた。

「あがん机と椅子で、描きにくくなかとかな?」

長英はいい加減な様子で、さあな、と言った。

「登与助は出島に出入りしていた頃、オランダ出身の絵師に師事していた。そのときに、ヨーロッパ式の画術とともに、ああいう机と椅子で描くことも叩き込まれたんだろう」

長英は部屋の入口で腰を下ろすと、端から順にじっくりと、散らばった絵を眺め始めた。おイネは長英の隣にしゃがみ込んだ。

「捜しよる絵があると?」

「ん、まあ、そういうところだな」

「何の絵がほしかと?　あたしも一緒に捜そうか?」

長英はその問いに応じず、ふんふんと鼻唄《はなうた》を歌いながら、絵のほうばかり見ている。

仕方がないので、おイネも絵を眺めて暇を潰すことにした。

壁に貼られた絵は、整っているものが多い。そのぶんあっさり見終えてしまった。題材について気になる絵はあるけれど、登与助はまだしばらく手が離せないだろう。尋ねることはできない。

おイネは、床じゅうを埋め尽くす絵のほうに目を移した。

登与助の画技は幅が広いらしい。真上から見た虫の図は、脚に生えた毛まできっちりと描き込まれている。かと思うと、中島川に架かる橋からお諏訪さんのほうを描いた絵は、一息で仕上げたとおぼしき水墨画《すいぼくが》だ。

どちらの絵も歪《ゆが》みがない、と感じた。大きさの比がきっちりしている。

虫の絵は、本物の何倍もの大きさだが、頭と胸と腹に対する脚の長さが、本物そのままにしっくりくる。橋から見える景色のほうは、手前にあるものは大きく、奥のお諏訪さんは小さく描かれているのが、その場に立って目で見るとおりだ。

「すごか。どげんすれば、本物そっくりの絵が描けるごとなるとやろう？　コツがあるとかな？」

おイネがつぶやくと、長英が答えた。

「あれはな、取り憑《つ》かれた人間じゃなけりゃあ、描けるようにならねえよ」

「取り憑かれるって、何に？」

「絵を描くことそのものに、かな。おイネや俺のように、コツがあるんじゃねえか、なんて小賢《こざか》しいことを言うようじゃあ、それなりのところまでしか行けない」

「じゃあ、コツはなかと？」

「なくはないんだろうが、違うんだよ。登与助みたいに取り憑かれているやつは、コツだ何だと口を動かすより先に、手が動いてんだ。何かに心が動いたら、そのときにはもう手も動き出している。ただただ描き続けるのさ」

「へえ。すごか」

「俺も昔、奥行きのある絵を描くコツを教わってな、茶道具の一式を絵に描いてみた。図としては正しいものになったんだが、決してうまい絵とは言えなかったんだよな。図と絵は違うもので、どうも俺は図しか描けねえらしい」

どことなくくやしそうに、長英は言った。うまくいかないことがあると認めるのがくやしいのだ。子供じみているくらいの負けず嫌いっぷりである。おイネは、ちょっと笑ってしまった。

三

やがて登与助がぐぅんと伸び上がり、筆を置いて振り向いた。

「よかぞ。話ば聞けるごとなった。長英さんよ、こたびは何の用じゃ?」

登与助は、またのしのしと歩いてこちらへ来た。

長英はちらりとおイネを見やった。口ごもる様子を見せたのは、聞かせたくない話、ということだろうか。おイネを連れてきたはいいものの、いざそのときとなると、やはりためらってしまうのか。

そういう事情が察せられないほどの子供ではない。おイネは先回りして言った。

「聞いたらだめ?」

「……ここまで来たんだもんな。人に言わねえんなら、聞いてもいいぞ」

「言わん。約束する」

長英は、頭にかいた汗を手のひらで拭った。

「ま、今さら内緒にもできんな。登与助よ、おまえさん、俺があの騒動の折に預けた絵は、まだ持っているか？」

むろん、騒動というのは、シーボルトがご禁制の地図を積み荷に隠していたことに端を発する、あの件のことだ。長英はうまく難を逃れて罰を受けず、長崎にも問題なく立ち入れるという話だった。

登与助は眉間にしわを刻んだ。

「捨ててはおらん」

「そいつを受け取りに来た。あんたに預けたのは正しかったな。武士でも学者でも役人でもなく、大した家柄じゃあない絵師のあんたは、あの騒動の裁きにおいて、重い罰を受けずに済んだ。シーボルト先生に付き従っていながら、問題の件について見逃していたってことで、奉行所《ぶぎょうしょ》で叱りを受けただけだった」

「身分の軽重によって罰のあり方も変わる。おかしか話じゃ。鳴滝塾ではそげん軽う扱われたことはなかったけん、奇妙な気分じゃった。長英さんはあのとき、平戸藩《ひらどはん》に匿《かくま》われたとやったたか」

「ああ。もともと俺は長崎遊学中、平戸藩でオランダ渡りの書物を整理するお役を言いつかっていた。あの騒動が起こった折、平戸の武家の連中がいち早く知らせを寄越したんだ。鳴滝塾に関わる者は身を隠したほうがいい、と。そこからの俺は素早かったな。見事な隠れ身だった」

言葉だけは自画自賛するかのようだが、長英の顔つきは沈んでいた。

「後悔しとっと？」

おイネは思わず尋ねた。身分の低い登与助でさえ、奉行所に呼び出されて、叱りという裁きを受けている。それだというのに、武家の出であり、鳴滝塾筆頭の秀才を自負する長英が、己の身を守るために逃げたのだ。

長英はかぶりを振った。

「後悔はない。仮に時をさかのぼる術があって、あの騒動について知らされた日に戻って選び直す余地を与えられるとしても、俺は同じ道を選ぶ。身を隠すことを選ぶんだ。そうでなけりゃ、江戸で医者兼蘭学者として身を立てている今の俺にはなれない。俺は、今の俺があることを悔やんじゃいねえ」

登与助は部屋の奥、机のところに戻った。椅子をどけ、床板をはがすと、その下は小さな蔵になっているようだった。登与助は中から文箱《ふばこ》を取り出し、抱えて戻ってきた。

「たまに虫干しするほかは、触れずにおった。持っていってよか。ばってん、こげんもん、何に使うつもりじゃ?」

長英は文箱を受け取った。漆塗りの、飾りけのない文箱だ。長英はさっそく蓋を開けた。

更紗《さらさ》の包みを解くと、紙の束が入っていた。右端を紐《ひも》で綴《と》じてある。表紙は白紙だが、薄く質のよい紙で、二枚目に綴じられたものが透けて見える。

「長崎の湊の絵?」

おイネは、そこに見えた絵を答えた。長崎湊の形は独特で、深い入り江のいちばん奥に波止場がある。西の神崎《かんざき》と東の魚見岳《うおみだけ》の間を通って、船が入ってくる。

長英は表紙をめくった。おイネの答えたとおり、長崎湊の絵だった。だが、おイネが想像したよりもずっと、緻密に描き込まれた絵だ。

地形、停泊した船の位置、陸にある建物の位置。オランダ船と唐船はもちろんのこと、一年交代で警固にあたる福岡藩と佐賀藩の船もあって、説明が添えられている。

「この絵ば描いたとも登与助さん？」

おイネの問いに、登与助は黙ってうなずいた。

長英が代わりに答えた。

「この文箱に入ってる絵はすべて、登与助の筆によるものだ。俺が登与助に頼んで描いてもらったものもあれば、登与助が描いた絵を俺が買ったってものもある。だが、こいつが登与助の絵だとは、おイネ、誰にも言うなよ」

「わかった。秘密にする」

「登与助がこいつを描いた頃と今じゃあ、時勢が変わったんだ。海防に関わる絵図の売り買いや受け渡しなんぞ、表沙汰《おもてざた》になってみろ。いくら登与助がご公儀に軽んじられる身分の絵師だとしても、こたびはさすがに首が飛ぶ」

海防というのは、異国に対する備えのことだ。

日ノ本は、オランダを除くヨーロッパの船の接近を許していない。異国の船が難破して漂流することは少なくないが、日ノ本のどこに流れ着いたとしても、必ず長崎まで回送して帰国の途に就かせる。

長崎に出島を築いて以来、約二百年にわたって、日ノ本の諸藩はその定めに従ってきた。国を閉ざしていることを、鎖国《さこく》と言い表す学者もいる。ところが、それが四十年ほど前から次第に崩れ始めている。長崎を始めとする日ノ本各地の沿海に異国船が現れるようになっているのだ。

長英がまた一枚、紙をめくる。

「これ、オランダ船の武器やろ？」

「そうだな。商いのための船だから、大した武器じゃないとはいえ、日ノ本の船はオランダ船の石火矢のような飛び道具を積んでいない。喧嘩をしたら、勝ち目がない。しかも、向こうは商館員や船乗りも鉄砲を使えるようだしな」

オランダ船は長崎に入港すると、石火矢などの武器を稲佐の役所に預ける決まりになっている。九月二十日の出港に合わせて、それらがオランダ船に返却される。登与助は、オランダ船の武器を逐一、事細かに描き取っていた。

長英は爛々《らんらん》と光る目をして、画集を見つめている。

登与助がぼそりと問うた。

「こげん絵ば江戸に持ち帰って、長英さん、あんた大丈夫か？」

長英はひょうひょうと言い放った。

「どうだろうなあ。危ねえかもしれん」

「それなら、なして受け取りに来た？」

「今後の日ノ本のためだ。二百年も昔に幕府が決めた定めに従うばっかりじゃ、この先、まずいだろう」

「長英さん、そげんこつ言うもんではなか」

登与助が諫めるのにも、長英は相変わらず、ひょうひょうとして笑っている。

「誰かが口火を切って変化を促さずには、今後、日ノ本というこの国は世界の中でやっていかれまいよ。アメリカやイギリスやロシアの船が鯨を捕るために日ノ本の近海にも姿を見せている。薪《たきぎ》や水を日ノ本で補給させてくれ、ついでに商いもさせてくれという訴えを、向こうさんは幾度も寄越してきている」

それについては、おイネも知っている。イギリス船がオランダの旗を掲げて国許《くにもと》を偽り、長崎の湊に入ってくる騒動も、かつてあった。長崎の町から七里（約二十七・五キロメートル）ほど南にあって外洋に望む野母の岬で見張っていれば、オランダ船でも唐船でもない大きな船影が望めるのは珍しくないという。

「長英さん、もしもアメリカやイギリス、ロシアの船が長崎に来たら、どげんしたらよかと？」

おイネが問うと、長英はばさりと画集を振った。

「今のご公儀のやり方だと、十三年ほど前に出た異国船打払令《いこくせんうちはらいれい》に従って、大筒をぶっ放して異国船を追い払うことになっている。長崎にも、そのための砲台があるだろう？」

長英は何枚か紙をめくり、砲台に備えつけられた大筒の絵を出してみせた。佐賀藩か福岡藩が長崎屋敷に据えつけたものだろうか。

おイネは思わず眉をひそめた。

「いきなり大筒ば撃って追い払うと？　日ノ本に来る異国の船は、商いの船ばい。戦のための船とは形が違う。船の形や異国の旗は、俵屋の水主《かこ》のみんなが詳しかと。国許の旗ば掲げた、身元の確かな商いの船は、攻めたらだめ」

「お役人に聞かせてやりたいね。十二の子供や商家雇いの船乗りのほうが、世界のことをよく知っている」

「長崎では異人が身近やもん。江戸のお役人は、どうして異国船打払令が正しかって思っとるとやろう?」

「そのわけの一つは、言葉がわからないせいだろう。日ノ本には、オランダ語はまだしも、アメリカ人やイギリス人の話すアンゲリア語や、ロシア語やフランス語がわかる者は、ほとんどいない。だから、日ノ本にやって来た異国人がどんな考えを持っているのか確かめることもできない」

「やけん、ただ追い払うと?」

「そうせよと定めた法がまかり通っている。人道にもとる恥ずかしい振る舞いだと、俺は考えるんだがな。異国の言葉がわからん、考え方がわからん、習わしがわからんというんなら、わかるようになるまで学んでみりゃあいい。単純なことだろうがよ」

登与助がさえぎるように口を開いた。

「長英さん、あんた、この十年で変わったばい。日ノ本の政道だの海防だの、あん頃は一言も口にしよらんやった。自分の才ば示すことだけに熱心やったろう」

「十年ありゃあ人は変わる。俺もあんたもな。おイネを見ろよ。十年でこんなに大きくなった。次の十年で、おイネは大人になる。どんな大人になるか、まだ誰にもわからねえ。それまでの間に、俺はこの日ノ本をもっとまともにしたい」

長英は画集を閉じて文箱にしまい、文箱を風呂敷で包んだ。

おイネは、さっきから気になっていることがあって、壁に掛かった掛軸の絵を指差した。

「あそこにある絵、出島の絵ですか？」

精密な絵ではない。さっと手早く描いた水墨画に、後からいくつか色を足したような、独特な画風だ。

いでたちから異国人とわかる男が二人、描かれている。緑のかぶりものを頭に載《の》せた男と、もじゃもじゃした髪の男だ。緑のかぶりものの男は立って本を片手に、もじゃもじゃの男に何か話しかけている。もじゃもじゃのほうは机にかじりついて、一心に筆を動かしている様子だ。

登与助は答えた。

「鳴滝塾で描いた下絵たい。日頃の様子ば、あげんしてざっと描いて、いろいろ残しとる。そん中から、これは使えるとシーボルト先生が判断したものだけ、きちっと描き直して仕上げよったとじゃ」

おイネは、どきどきと音を立て始めた胸を押さえて、登与助に問うた。

「あの絵の緑色のかぶりものの人、誰ですか？　あたし、俵屋に越す前のことはほとんど覚えとらんばってん、一つだけ、緑色のかぶりものの異人に抱っこされたことだけ、覚えとっとです」

長英も登与助も、はっと息を呑んだようだった。

登与助が顔をしわだらけにして笑った。

「よかった。おイネ嬢ちゃんがシーボルト先生のこつば覚えとった」

「え？」

「あん緑色のかぶりものの人は、シーボルト先生ばい」

「本当？　あの人が、おとしゃま？」

長英がおイネの頭をぽんぽんと叩いた。

「あの緑色のかぶりものは、オランダ語でペットといってな、シーボルト先生のお気に入りだったんだ。メナニア会という、郷里の若者の集まりであつらえた、と聞いたことがある」

　おイネは長英を見上げた。長英の笑顔は、思いがけず優しかった。おイネは、胸の高鳴りのせいで頬まで熱くなっている。

「あたし、本当に、出島で生まれて暮らしとったとやね」

「そうとも」

「異人のごた顔や髪ばしとっとに、あたし、それでも信じられん気持ちがあったと。自分が何者か、誰に何ば言われても信じられんやった。ばってん今、自分のこと、ちょっとわかった。あたし、おとしゃまに抱っこされて、物見やぐらから海ば眺めたことがある」

　その海のはるか向こうから、父シーボルトはやって来た。あの日もきっと、そんな話を聞いたのだろう。緑色のかぶりものをしたシーボルトがまっすぐ沖のほうを指差して、おイネに語りかけていた。

　登与助は部屋に入っていくと、机の引き出しから紙の束を取り出して戻ってきた。

「鳴滝塾の絵じゃ。下絵ばっかり、捨てることもできんまま、手元に残っとる。お絵像の下絵もあるぞ。シーボルト先生のお絵像は……あった。これたい」

登与助が取り出したのは、例のかぶりものを頭に載せたシーボルトの絵だ。笑った顔である。下絵とは言うものの、笑い声さえ聞こえてきそうなくらい、生き生きしている。

「顔に傷がある」

「そうたい。シーボルト先生の顔は古傷だらけやった。日に当たると、向こう傷が白く浮かび上がって見えよった。お絵像に仕上げるときはこげん細かく描き込んでくれるなと、文句ば言われたもんばい」

目には美しい青色、髪にはからし色、かぶりものにはもちろん緑色が入れてある。

登与助はその一枚をおイネに差し出した。

「粗か絵で申し訳なかばってん、持っていってくれ」

「ありがとうございます!」

おイネは絵をそっと抱きしめた。

長英は鳴滝塾の絵を一枚一枚、めくっていた。懐かしい、とつぶやく声が聞こえる。

若者たちが酒を飲む姿、書物を囲んで何か言い合っている姿、眠りこけた一人にいたずらをする姿、三味線を持ち出して歌っている姿。学んだり遊んだりする様子が描かれているのを、目を細めて眺めている。

と、その手が止まった。

若者たちが各々、机に向かったり床に紙を広げたりしている大部屋の絵だ。その隅のほうを、長英は凝視《ぎょうし》している。

そこに、おとめの姿が描かれていた。風呂敷包みを抱えて小走りにやって来たところだ。ざっとした線で描かれているだけなのに、撫で肩の形も横顔の鼻筋からあごの線も、間違いなく、おとめだとわかった。

時が止まってしまったかのように、長英は動かなかった。

登与助が言った。

「おとめちゃんの絵は、それだけばい。持っていくか？」

はっ、と、息のかたまりを吐き出すように、長英は力なく笑った。

「今さらだな。いらねえよ」

「仲んよかったろうが。今年がおとめちゃんの初盆たい。嫁ぎ先の新大工町《しんだいくまち》で、もやい船ば出すらしか」

「知ってる。昨日確かめてきた。嫁ぎ先でもよく働いて、舅《しゅうと》や姑、近所の連中からも大事にされていたらしい。鳴滝塾で働いていたことは、事情が事情だからな、誰にも言ってなかったようだが」

長英はのろのろとした手つきで、紙をめくった。

山吹《やまぶき》の花の絵が現れ、おとめが立ち働く姿が見えなくなった。

四

昼餉《ひるげ》は登与助に振る舞ってもらった。

絵を描く部屋とは打って変わって、台所は整然としていた。乾物や塩漬けなど、日持ちのするものがきっちりと収められている。

「そうめんば茹《ゆ》でるぞ。山んごとあるけんな」

上等な桐の箱に入ったそうめんが積んである。去年、島原《しまばら》へ出向いて、寺の天井絵を手掛けた。その折、お絵像の仕事なども受けていたら、そうめん屋の大旦那《おおだんな》にたいそう気に入られたという。

「それで、お礼のそうめんが山ほど送ってきたとですか？」

おイネが問うと、登与助はうなずいた。

「七夕にはそうめんが欠かせん、とな。今月の頭に、どっさり送ってきた。何年ぶんの七夕のつもりやろうか」

そうめんだけでは口寂しかろうと、登与助は具だくさんのみそ汁もこしらえてくれた。具は、山で採ったというきのこや野草、手間暇をかけずに育てられるねぎ、春に採れたのを保存していたというジャガタラいもだ。

山の冷たい湧き水で締めたそうめんは、喉越しがよく、つるつるといくらでも食べられそうだった。みそ汁は、食べたことのないきのこが入っていた。

長英が感嘆の声を上げた。

「これがジャガタラいもか！　米が実らない不作の地でも、飢饉《ききん》の年でも、このいもならどうにかなるって話だ。登与助よ、このいも、どこで手に入れた？」

　登与助は鼻を鳴らした。

「裏の畑たい。絵のお代として、株分けしてもらったとじゃ」

「畑だと？　長崎では珍しくねえのか？」

「誰でん知っとるわけではなかろうばってん。もとは出島でほそぼそと作りよったもんじゃ。自分の家で食うぶんだけ作りよる者は、ちらほらおる。島原のほうでも見かけた」

　おイネは箸でいもをつまんだ。

「あたしも食べたことがあるよ。江戸にはなかと？」

　長英は眉間にしわを刻んだ。

「江戸や上州《じょうしゅう》のほうでは、まだ知られていない。俺は蘭学仲間と力を合わせて、このジャガタラいもや早そばを広めようと考えているところなんだ。何せ、ジャガタラいもや早そばは、飢饉に強い。やせた土地でも育ってくれるし、育ちが早いのも魅力だ」

「飢饉って、作物が実らんで、大勢の人が暮らしに苦しむことよね」

「元号が天保《てんぽう》に改まってからというもの、どうもよくない。天保四年（一八三三）からはひどい不作続きだ。もともと畑作をしない長崎にいると、あまりわからんかもしれんが」

　おイネはかぶりを振った。

「食べ物の値段が高くなったっていう話は、大人がしよるよ。長州のほうも不作で困っとるって、おとしゃまも言いよった」

「どのくらい民が苦しんだかは、藩によってまちまちだ。確かに日ノ本じゅうで作物ができづらくなっちゃいたが、救荒策《きゅうこうさく》といって、民が飢えないための手立てをうまく講じた藩もあった。米が獲《と》れそうにないとわかっているなら、作らなけりゃいい。米の代わりに食えるものを作って、暮らしをつなげていくのが第一だ」

「その救荒策に使える作物が、このいも？」

「そう、このジャガタラいもが優れているんだ。とはいえ、俺はオランダ渡りの本草書《ほんぞうしょ》に紹介されているのを、蘭学仲間からの求めに従って和訳しただけでな。実のところ、ジャガタラいもそのものをよく知ってるわけじゃあない。鳴滝塾時代に食ったことはあったんだろうが、味も覚えていなくてな」

登与助は裏のほうを指差した。

「種いもば裏に転がしとる。盆過ぎには畑に植えるつもりじゃ。見たかったら、好きにせろ。一つ二つなら、持って帰ってよかぞ」

長英は俄然、目を輝かせた。

「本当か！　恩に着るぞ。ああ、こんなところでジャガタラいもの実物が手に入るとはな！」

長英は勢いよく昼餉を平らげると、さっさと裏へ行ってしまった。

おイネは登与助とともにゆっくり食べ、片づけを手伝った。その間、長英は矢立《やたて》と紙を取りに戻ってきたが、すぐまた裏に戻っていった。まだしばらく、ジャガタラいもをじっくり見ていたいようだ。

登与助がおイネに申し出た。

「どうもまだ暇があるごたあけん、おイネ嬢ちゃんに頼みがある」

「何ですか」

「お絵像ば描かせてくれんね。次にシーボルト先生にお会いできる日が来たら、今日のおイネ嬢ちゃんの姿ば見せてあげたかけん」

おイネはうなずいた。

「わかりました。あたしもおとしゃまの絵ばもらったけん、その代わりになりますね」

昼餉の間は脱いでいた十徳を、おイネは改めて羽織った。

登与助は部屋を少しだけ片づけて、おイネが座る場所を作った。おイネは登与助に言われたところに座って、背筋を伸ばした。

まっすぐ向かい合うところではなく、少し斜めのところから、登与助はおイネの姿を描いていく。

おイネは壁の絵を見つめ、登与助はおイネと手元の紙を代わる代わる見つめながら手を動かしている。

黙っていたほうがいいのかと思っていたが、登与助がおイネに話しかけてきた。

「そん上着はどげんした？」

「長英さんにもらいました。医者の十徳です。寸法が合わんけん、肩上げばして着とっとです」

「なかなか似合《にお》うとる。おイネ嬢ちゃんも医者になりたかと？」

「まだよくわかりません。ばってん、ほかに何ができるか考えてみても、やっぱり医者に戻ってきます。あたし、医術について知りたかことがいっぱいあって」

「シーボルト先生は、おイネ嬢ちゃんがおかしゃまの腹の中におる頃から、我が子ば医者にすると言いよらした」

「それは……おとしゃまは、男の子が生まれると思っとったとでしょうか？」

だって、日ノ本では、医者は男の仕事だ。鳴滝塾に集った人々も皆、男だった。

おとめのように、塾や診療所の掃除や手伝いをするうちに蘭学や医術を身につける女なら、日ノ本のどこかにはいるだろう。だが、きっと、みずから医者と名乗ったりなどしないだろう。

登与助は、さあねえ、と言った。

「シーボルト先生が何ば考えとらしたか、誰にもわからんたい。おイネ嬢ちゃんが生まれた後も、もちろん女の子とわかっておりながら、こん子ば医者にすると言って、二宮敬作さんや高良斎さんに医術の師になるごと頼みよらした」

「敬作先生と良斎先生は、二人とも親切です。あたしに手紙でいろいろ教えてくれます。漢詩も習いよります。医学の本はまだ早かって言われるばってん」

おイネはいつの間にか登与助のほうを向いていた。目が合って、あっと気づいて、壁の絵にまなざしを向ける。

登与助が唐突なことを言った。

「ここだけの話ばってん、シーボルト先生はオランダの人じゃなか。ドイツという国の生まれじゃ」

一瞬、何を言われたのかわからなかった。それくらい、おイネは驚いたのだ。

「えっ？　オランダ人じゃなからんば、長崎には来たらいかんとでしょう？」

「そげん決まり事にはなっとるばってん、シーボルト先生はドイツ人ばい。ドイツで生まれて、身ば立てるためにオランダへ行って、軍に入って医者として認められた。やけん、シーボルト先生のオランダ語には訛《なま》りがあったとよ。オランダ通詞が、おかしか言葉じゃと気づくぐらいには」

驚きを通り越して、おイネは頭がくらくらしてきた。

「そんな……日ノ本の決まり事ば初めから破っとったなんて……おとしゃまがオランダ人じゃなかって知っとる人、登与助さんのほかにもおったとですか？」

「おったかもしれん。ばってん、お上には隠し通した。いや、お上も知っとったかもしれん。そいでん、シーボルト先生ほど見事に日ノ本の蘭学ば育て、伸ばすこつができる人は、ほかにおらんやった。日ノ本にとって有用と認められたけん、シーボルト先生には掟破りも許されとった」

おイネは改めて訊いてみた。

「おとしゃまは、登与助さんから見て、どんな人やったと？」

「めちゃくちゃなお人たい。とんでもなか型破りじゃ」

「型破り……」

「あん人ば測るものさしは、日ノ本にもヨーロッパにも存在しとらん。誰も真似できんこつばやってのけた。優れた人じゃ。シーボルト先生に出会わんやったら、おいの今の絵の技はなか。さんざん鍛《きた》えられたとよ」

「厳しかったとですか？」

「ああ、厳しかった。怒鳴ったり殴ったりする親方ではなかったばってん、怖かったぞ。少しでも気ば抜いて、見ることば怠ったら、すぐ見抜かれた。そして、やり直しなさい、と言わるっとじゃ」

おイネは目をしばたたいた。目が乾いているのがわかった。体を動かさないよう言われているので、つい、まばたきも少なくなっていたのだ。

登与助は続けた。

「人の目は、あてにならん。見たかと望むもんば見てしまう。優れた蘭学者は、そげんあってはならんとじゃ。望む心はよそへやって、ここにあるもんば、ただ見るだけ。あるがままに、ただ見る。それがいかに難しかこつか、何千枚、何万枚と草花や虫や魚や鳥の絵ば描き続けたおいには、ようわかっとる」

登与助の筆は速い。おイネと話をしながら、すでにあらかた描き終えているようだった。

長英がようやくのことで戻ってきた。汗びっしょりだ。着物にも顔にも、あちこち土をくっつけている。

「おう、登与助、ありがとうよ！　芽の出た種いもを三つばかり、もらっていってもいいか？」

「好きにせろ。暑かうちは腐《くさ》りやすかけん、気をつけんばぞ」

のそりと登与助が立ち上がった。手には、描いたばかりのおイネの絵がある。

「もう描けたとですか？」

「ごらん。これが、登与助爺さんの目に映るおイネ嬢ちゃんたい」

おイネは、登与助が見せてくれる絵に見入った。

不思議な感じがした。確かにここに描かれているのは自分だとわかるが、まっすぐこちらを向いているのではない顔が、鏡をのぞくのとは印象が違う。きちんとお膝をしている姿は、自分で思っているのよりも幼そうに見える。

長英が絵をのぞき込み、おお、と声を上げた。

「さすが登与助だ。そっくりだな」

「そっくり？　あたし、自分ではよくわからん」

小首をかしげるおイネに、登与助が言った。

「歪みのなか目で見ようとしたときに、いちばん難しかとは、自分自身ば見ることじゃ。ばってん、難しくとも、投げ出したらならん」

登与助は大切そうに、おイネを描いた絵を机へと持っていった。

ひぐらしの声が聞こえている。

長英はおイネに声をかけた。

「そろそろ帰ろう。夕方には楠本家の墓参りに顔を出すんだろ。すっぽかしたら、おっかさんから大目玉を食らうぞ」

「そうやった。行かんば」

おイネはのろのろと立ち上がった。

見送りに出てきた登与助は、くしゃくしゃの笑顔でおイネに手を振ってくれた。だが、またおいで、とは言ってくれなかった。

五

楠本家の墓は、皓台寺《こうたいじ》にある。中山作三郎と話すために訪れた大音寺と同じように、町の東の外れにあって、境内は半ば山に呑み込まれるような格好で広がっている。

おイネと長英が長崎の町に戻ったのは、西日が橙色《だいだい》がかってくる刻限だった。寺の裏手、墓へと続く坂道を上っていると、背中がまっすぐ西日に照らされて暑かった。

「長崎の墓は日の当たる高台にあって、人の暮らしを見守っているみたいだよな。明るくて広い墓が多い」

ふと思いついたように、長英がそう言った。

日が落ちるのを待たず、墓では花火が始まっている。火薬のにおい、ひゅうっと箭火矢《やびや》の上がる音、ぱんと弾ける音火矢《おとびや》。

酒肴《しゅこう》を墓場に持ち込み、三味線や太鼓まで鳴らして、まるで宴のようににぎやかに騒ぐ家もある。

長崎の民がお盆の墓場で花火を上げ、宴を催すのは、唐土から渡ってきた習わしだという。

唐土渡りとはいえ、おふくやその家族に尋ねてみたところ、唐人が先祖を祀るやり方そのままではないようだ。けれども、日ノ本のほかの地では墓場で花火などしないそうなので、やはり海の向こうから渡ってきたいくつかの習わしが、長崎で混じり合い、こうして根づいているのだろう。

長英が、待ったをかけた。

「おイネ、十徳。そろそろ脱いどけ。おっかさんにあれこれ言わせるのは忍びねえんだろう？」

「あ、そうだ。忘れとった。長英さん、ありがとう」

足を止めたおイネは、手早く十徳を脱いでたたみ、風呂敷に包んで隠した。長英は、いたずらをくわだてる子供のような顔で、にっと笑った。

坂の上のほうに、楠本家の墓が見えてきた。親戚は、もう揃っているようだ。灯籠にも火がともされ、酒を飲んだ大人たちの顔が赤らんでいる。

朝吉が手持ち無沙汰な様子で立ち尽くしていた。おイネを除くと、ほかには年の近い者がいないのだ。

今日の朝吉は俵屋のお仕着せではなく、すっきりとした藤鼠《ふじねずみ》色の単衣《ひとえ》を身にまとっている。細かな格子模様《こうしもよう》の、ちょっと上等な品だ。

あの着物の肩上げをし、腰のところで縫い縮めたのはおイネだった。衣替えのときにきちんと朝吉の体に合わせたつもりだったが、袖も丈も詰めすぎていたらしい。朝吉の手足が長いのと相まって、つんつんるてんに見えてしまう。

それとも、朝吉の背が、この短い間に伸びたのだろうか。

と、朝吉がおイネの姿に気づいたようだ。ちらりと笑顔を見せた後、思い出したように仏頂面《ぶっちょうづら》になって、こちらへ駆けてくる。

長英は、ぽんとおイネの背中を押した。

「じゃあ、俺はここでおいとまするぜ」

「来んと？」

「身内の集まりなんだぞ。俺が行っても邪魔だろう。先に俵屋に戻ってるぜ。おとっつぁんは留守番してるんだよな。わびしい男二人、一緒に飯でも食うさ」

長英はきびすを返し、大股でずんずんと坂を下りていってしまった。

墓地から駆け下りてきた朝吉が、長英の背中を見送って首をかしげた。

「長英さん、なして帰ったと？」

「俺が行っても邪魔やろうって。お酒もあるとに」

「一日じゅうおイネとおったせいで疲れたとじゃなか？」

おイネはむっとしたが、違う、とは言い切れなかった。自分の振る舞いが大人を困らせ、疲れさせてしまうことはわかっている。わかってはいるけれど、おイネだって大人のせいで腹を立ててばかりなのだから、おあいこのはずだ。

朝吉は、おイネの腕をぐいっとつかんだ。

「ほら、上に行くぞ。みんな待っとる」

背を向けた朝吉は、おイネの腕を引っ張って歩きだした。

ひゅうっと、頭上を箭火矢が飛んでいく。ばらばらばらっ、と、遠くから聞こえてくる爆竹《ばくちく》の音は、大粒の雨が屋根を打つ音にも似ている。

第四話　産科の医術と精霊流し

一

七月十五日はお盆の終わりの日だ。

夜が更ければ、精霊流しが華やかにおこなわれる。

しかし、長崎の商家は、のんびりとご先祖さまを見送ることなどできない。

年に二度、お盆の七月十五日と十二月の大晦日《おおみそか》は、「掛《か》け取《と》り」といって、商いの相手から売掛金を取り立てる日でもあるのだ。

なぜその日に掛け取りをするかというと、長崎に住む者には、お盆と暮れの二度、箇所銀《かしょぎん》や竈銀《かまどぎん》といった金子《きんす》の分配がおこなわれるからだ。オランダや唐土《もろこし》との商いという、特別な役目を負った長崎ならではの、金子の分配である。

俵屋も朝から大わらわだった。店の奉公人は、丁稚《でっち》の朝吉までも駆り出され、商いの相手先へ飛んでいった。

おイネはおたきの手伝いで、お盆の十五日にすべき用事を片づけた。旦那寺《だんなでら》である皓台寺にお布施を包む。日頃世話になっている手習いのお師匠さまにお礼を届けに行く。楠本の家には長寿を願う刺し鯖《さば》を持っていく。ついでに親戚につかまって、長話にあいづちを打つ。

そうした用事もなるたけ早いうちに済ませておいて、掛け取りに奔走《ほんそう》する和三郎や奉公人たちを手助けしなければならない。まだ残暑の厳しい時季のことなので、気を配っておかないと、暑気にあたって真っ赤になって倒れてしまう。

長英は外に出るでもなく、客間でだらしなく腹ばいになって、何かを読んだり書いたりしていた。

「何ばしよっと？　仕事？」

おイネが尋ねてみても、まるでろくに聞いていないかのように、半端な生返事をよこすばかりだった。

ちゃんと答えてくれないのは、きっと、どこに人の耳があるかわからないところで言葉にするのが危ういからだ。

昨日、登与助のところで舌鋒鋭《ぜっぽうするど》くまくし立てていたことの続きをやっているのだろう。つまり、海防に関わることだ。ご公儀の政《まつりごと》のあり方に否《いな》を突きつける、危うい仕事。

本当はおイネも長英の仕事をのぞいてみたい。誰にも言わない。必ず内緒にする。その約束を固く守ると誓うから、長英が日ノ本を変えるために何を考えているのか、もっと知りたかった。

しかし、さすがに今日は慌ただしくて、おイネも長英の相手をすることができなかった。昼餉《ひるげ》のそうめんを持っていったくらいだ。

お盆の頃のあいさつに添える贈り物といったら、そうめんばかりだ。俵屋でもずいぶんいただいてしまったので、かびが生えないうちに、せっせと平らげなければならない。

昼下がり、おイネはまた、銅座跡にある楠本の家までお使いに行った。お盆やおくんち、年の暮れとお正月の三が日には親戚が集まるので、大した用事ではなくとも、行ったり来たりさせられる。まったくもって、うんざりだ。

とはいえ、ずっと楠本の家にいて、延々と親戚やお客さんの相手をするよりは、お使いで駆け回るほうがましだ。お座敷に張りつくことになったら、長崎のおなごは愛敬《あいきょう》が武器ばいと言われて、愛想笑いの稽古などさせられてしまう。

どこかの墓地から花火の音が聞こえてくる。

そういえば、長英が言っていたが、江戸の花火は夜空に光の花が咲くらしい。まさに「花火」なのだ。一方、長崎の花火は、どちらかというと、大きな音を立てることのほうが重要だ。

大きな音は魔除《まよ》けになる、と唐土では言い伝えられているそうだ。大昔は、竹を燃やすときの爆《は》ぜる音だった。それが時代を下るにつれ、火薬を使って音を鳴らすものに変わっていった。

オランダ船見物のために訪れている旅人は、お盆の爆竹《ばくちく》や箭火矢《やびや》の音を聞き、戦でも始まったのかとおびえてしまうらしい。あの野次馬根性の旅人も、怖いものは怖いのだ。おイネは、ざまあみろ、と舌を出したい気持ちになる。

おイネが通りの角を曲がったときだった。

俵屋の表におふくの姿が見えた。日が当たって暑いだろうに、庇《ひさし》の下に入るでもなく、そわそわと足踏みをしている。

何だか様子が変だ。

おイネは眉をひそめ、急いで走り寄った。

「おふくちゃん、どげんしたと？」

声を掛けた途端、おふくはおイネに飛びついてきた。

「おイネちゃん、助けて！」

「た、助けてって、何かあった？」

おふくはおイネの肩にすがりついて、わあっと泣きだしてしまった。だが、それもわずかな間のことで、すぐに顔を上げておイネを見つめ、涙交じりの声で告げた。

「おかしゃまが倒れたと！」

「えっ、おばちゃんが？」

「昨日から調子が悪くて、ゆうべも全然《いっちょん》眠れんやったらしか。朝からずっと苦しそうにしとっと。おなかが張って気分が悪かって言いよる。ねえ、おイネちゃん、わかる？　おかしゃまの体、どげんしたとかな？　おなかの赤ちゃん、大丈夫やろか？」

取り乱すおふくに、往来を行く人々も怪訝《けげん》な顔をし、あるいは足を止める。

おイネの背筋にも嫌な汗が流れた。

「どげんしたら……えっと、産婆《さんば》さん、呼んだ？」

「訪ねてみたばってん、おらんやった。たぶん、どこかでお産があっとっと」

「お医者さんは？」

「ええっ？　お産でお医者さんなんか呼ばんたい。だいたい、お医者さんは男の人よ。おかしゃまは、赤子のおるおなかが痛かって言いよっとに、お医者さんなんて呼んでよかとやろか？」

「ばってん、お産はまだ先やろ？　妊婦さんでん誰でん、体の具合が悪かったら、お医者さんにかかってよかはずよ」

「そうかしら……ああ、だめよ。馴染《なじ》みのお医者さんに薬礼ば持っていったとき、お盆やけんって言って、お酒ば飲みよらした。あげんなったら、あの先生はだめ。ばってん、あたし、ほかのお医者さんは知らんし……」

おふくの息が妙に速い。浅い息しかできなくなっているのだ。おふくもずいぶん追い詰められている。

「もしかして今日、おふくちゃんひとりで、おばちゃんのこと看《み》とったと?」

「うん」

「おとしゃまや兄しゃまは?」

「お盆の用事で、どこかに出掛けて……店の男の人たちは精霊船《しょうろうぶね》作りやら何やらで忙しかけん、今日は暇ば出しとる。うち、おかしゃまと留守番しよったと。ばってん、おかしゃまが、具合ん悪かって……」

　おふくは声を詰まらせた。せわしない息と嗚咽《おえつ》が邪魔をして、言葉が途切れる。

　おイネはおふくの背中をさすった。

「まずは落ち着こう、おふくちゃん。一緒に息ばするよ。ゆっくり息ば吸って……吐いて」

　とっさに思い出したことを、おイネはやってみた。おふくは素直におイネの言葉に従い、呼吸を落ち着けようとしている。深呼吸。涙を拭く。深呼吸。目を閉じる。深呼吸。

　おふくの鼓動のどきどきが、いくらか鎮《しず》まってくる。

これはおイネと朝吉が幼かった頃、おとめが教えてくれたおまじないだ。心が落ち着くおまじない、と、おとめは言っていた。泣いてしゃくりあげて涙が止まらず、息も苦しくなってしまったとき、おとめは一緒に深呼吸をしてくれた。

おふくの様子が落ち着いたのを見計らって、おイネは尋ねた。

「今、おばちゃんは店におると？」

「うん」

「一人で？」

「ううん。兄しゃまの許婚《いいなずけ》の、おしずさんが一緒」

おイネはおふくの背中を支えて、俵屋の中に導いた。往来で立ち止まる人々が、おふくを心配しているのならいい。だが、そうでないことを感じた。物見高くこちらをじろじろと見るまなざしが、気持ち悪かった。

俵屋も普段と違い、皆がそれぞれの役割を負ってばたばたと駆けずり回っている。おふくの様子がおかしいのにも、かまう余裕がないようだ。

ただ一人、のそりと奥から出てきた長英が、おイネに声を掛けた。

「おい、どうした？　そっちはおイネの友達か？　何だ何だ、二人そろって顔色が悪いぞ。腹でも下したか？」

「そうだ、長英さん！　この前、お産のこと、産科の医術のことば話しよったたい。美馬順三さんの論も読んだって言いよったよね。長英さんも、産科の医術、少しはわかるとでしょ？」

　突然の話に、長英は、ぎょろりと大きな目をしばたたいた。

「そりゃあな。漢方医術の基本から蘭方の新しい医術まで、学べる限りのことを学び続けてきたのがこの俺、高野長英さまよ。江戸じゃあ名医として、ちったぁ名が知れてるんだぜ」

　最後まで聞かないうちに、おイネは長英に告げた。

「お願い、助けて！　おふくちゃんのおかしゃまが倒れたとって！」

二

長英は呑み込みが早かった。おふくの母が穎水楼《えいすいろう》のおかみさんであることを告げると、さっと客間に引っ込んで身支度を整えてきた。十徳を羽織り、漆塗りの小箱を手にしている。小箱はきっと往診用の薬箱だ。

「おふく、おっかさんは血が出ていたか？」

「血？　いいえ、うちは見とらんです」

「そうか。だったらいい」

俵屋を出ようとしたとき、朝吉がお使い先から帰ってきた。おイネたちのただならぬ様子に、眉をひそめる。

「どげんした？　何かあったっか？」

おイネが答えるより早く、長英が朝吉に告げた。

「ちょうどいいところに来た。おまえさん、物覚えがいいよな。仕事で扱う品はよく覚えてる。そうだろう？」

「へい、何でも覚えます」

「俺が今から言う薬種《やくしゅ》を、薬屋から調達してこい。いいか？　当帰《とうき》、仙芎《せんきゅう》、芍《しゃく》薬《やく》、蒼朮《そうじゅつ》、沢瀉《たくしゃ》、茯苓《ぶくりょう》。この六種だ」

朝吉は面食らった様子だったが、素直に長英の言葉を繰り返した。

「当帰、仙芎、芍薬、蒼朮、沢瀉、茯苓」

「そうだ。覚えたか？」

「大丈夫です。全部、馴染みのある品やけん。量はどれくらいですか？」

「芍薬は一斤、そのほかは半斤。支払いはこいつを使え。六種の薬を買って、穎水楼に持ってくるんだ」

「へい！」

長英は自分の財布を朝吉に投げてよこした。朝吉は受け取ると、すぐさま駆け出した。

おイネは長英に言った。

「お使いなら、あたしが行けるのに」

長英はかぶりを振った。

「いや、おイネはこっちだ。妊婦を診るには女手がいる。手伝ってもらうぞ。おふくもだ。しゃんとしろ」

おふくはびくりと震えた。そのはずみで、目にたまっていた涙がこぼれ落ちた。

「長英さん、子供のあたしたちにできることがあると？」

尋ねたおイネに、長英はうなずいてみせた。

「おまえさんらは十二だろ。何かをなすのに十分な齢《よわい》だ。俺が十二の頃には、祖父《じい》さんに習って、いっぱしの按摩《あんま》の技を身につけていた。祖父さんは手習いの師匠をやっていたんだが、十二だった俺も祖父さんと一緒に子供らに教えていた。やってみりゃあ何とかなる。不安になるな。自信を持て！」

おイネとおふくは、ぱっと顔を見合わせ、力強く返事をした。

「はい！」

穎水楼への通い慣れた道を、おイネはおふくの手を引いて、小走りに行く。長英はずんずんと大股で歩いてついてきた。

時折、人とぶつかりそうになると、長英が大声を上げた。

「医者だ！　病人が出た。そこを通せ！」

ずしりと腹に響く声だ。それを聞いた人々が慌てて道を空ける。

おふくは、勝手口からおイネと長英を穎水楼に招き入れた。おふくが言ったとおり、男たちは出払っているらしい。油や薬味の独特のにおいが、今日ばかりは妙に鼻について、何だか気持ちが悪かった。

せまい階段を上っていくと、苦痛にうめく女の声が聞こえてきた。

おイネは思わず足が止まった。ぞっとして、足がすくんだのだ。長英は逆だった。おイネの傍らを二段飛ばしで、跳び上がるように二階へ向かっていった。

習わしに則るならば、妊婦は母屋《おもや》から離れた産屋《うぶや》で過ごし、そこでお産をするものだ。しかし、長崎の町では、産屋を建てられるほどの広い敷地はなかなか望めない。

穎川家もそんな事情で、おせんのための産屋は、二階の北の隅に設けられていた。もとは納戸《なんど》だったのを、掃除をして産屋に充《あ》てることにしたらしい。

産屋は、窓のない小さな部屋だった。

薄暗い中で、おせんは産椅《さんい》に体を預けて、ぐったりしている。そのそばで、十六、七の娘が途方に暮れた様子でへたり込んでいる。おふくの兄の許婚、おしずだ。

低い梁《はり》から太い綱《つな》が下がっている。力綱《ちからづな》と呼ばれるものだ。妊婦はその力綱にすがって、いきんで子を産む。産椅という、背もたれのある椅子に座った格好のまま、お産をおこなうのだ。

長英が産屋に足を踏み入れようとした途端、おせんが、思いがけないくらいの大声を出した。

「いけません！　男が産屋に入るもんではなか！」

おふくが前に出た。

「ばってん、おかしゃま。この人はお医者さんよ。おかしゃまの体の具合ば治すために来てくれたと」

おせんは首を左右に振った。汗がぽたぽたと落ちた。

「医者でん何でん、男は入ったらいけん。いけんとよ」

長英は、部屋には入らず、廊下にどかりと腰を下ろした。

「それじゃあ、俺はまず、ここであんたと話をする。俺は、今おふくが言ったとおり、医者だ。高野長英という。江戸に居を構えて患者を診ているが、十年前は長崎にいた。鳴滝塾でシーボルト先生に教えを受けていたんだ」

おせんは弱々しくかぶりを振り続けている。

「帰ってください。男の人が産屋ば見るもんではなか。赤子のおる女のこげん姿は、医者やろうが何やろうが、男の人に見せるもんではなかとです。こっちば見らんで。帰ってください」

だが、おせんはあまりに苦しそうだ。汗みずくで歪んだ顔は、いつもの優しいおせんとまるで違う。おイネは、恐ろしささえ感じていた。

長英が歯噛みをした。ぎりぎりと音が立つ。食い縛った歯の間から、長英はうめくように言った。

「たった十年で、このざまか。シーボルト先生の医術が、偉業が、忘れられている。あれほど毎日、懸命に、長崎の民に診療を施しておられたのに。弟子の俺たちも、日ノ本独自の医術におけるあやまちや、人の体を損《そこ》ねる習わしを、正せるように必死だったのに」

おイネは長英の隣に座り込み、長英の顔を見やった。

「習わしって、鎮帯《ちんたい》のこと？　前も言いよったよね。鎮帯でおなかば締めつけるとは間違いかもしれんって」

鎮帯を胸と腹の境に締めるのは、胎気《たいき》と呼ばれるものが妊婦の胸や頭に回らないようにするためだ。胎気は、妊婦の体を損ねるものだという。

「シーボルト先生は、日ノ本のお産は何から何までヨーロッパと違うとおっしゃっていた。特に、鎮帯をきつく締めることとその理由や、産椅を用いて妊婦が横たわるのを禁じることを、悪しき習わしかもしれないと懸念しておられた」

「産椅も悪かと？」

長英は、問いを重ねたおイネではなく、顔を歪めるおせんのほうを見据えて答えた。

「祝いものとしてこしらえた椅子をけなすのは気分が悪いが、俺は、産椅なんてもんにしがみつくのはまずいと考えている。具合が悪いときには横になるのが一番だ。これについては、俺もシーボルト先生のもとで何度も見て確かめた。おっかさんよ、あんた、今はとにかく帯を緩めて横になれ」

おせんは習い性のように、かぶりを振り続けている。おふくは母のほうへ飛んでいって、その肩にすがった。

「おかしゃま、今は長英さんの言うことば聞いてよ。試してみて。お願い。具合が悪かとでしょう？」

長英は言葉を重ねた。

「腹が痛むとき、めまいがするとき、妙な動悸《どうき》がするとき、熱があるときは、横になるのがいい。だが、それを恐れる妊婦があまりに多い。産み月が迫れば迫るほど、産椅に自分を縛りつけようとする。産後はなおのこと、産椅から離れようとしない。七日の間、一睡《いっすい》もしようとしない。それは明らかにおかしいんだ」

おせんの傍らで見守っていたおしずが、ふらりとよろめいた。おふくがとっさに支える。

「大丈夫、おしずさん？　ごめんね。疲れたやろ？」

おイネは眉をひそめた。

「おしずさん、顔が真っ赤。暑さでのぼせとらん？　この部屋、暑すぎるよ」

長英がおイネの頭をぽんと叩いた。

「よく気づいた。おい、おしず。下に行って水を飲んでこい。このおっかさんにも水を持ってきてやれ。あとは下で休んでいろ。そうでなけりゃ、おまえさんも倒れるぞ」

「は、はい……」

「下で休むついでに、用事を頼みたい。もうすぐ薬が届く。俵屋の小僧が持ってくるはずだから、受け取ってくれ」

「わかりました」

おふくが言葉を添えた。

「ここは、うちに任せて。兄しゃまもじきに帰ってくるけん、おしずさんは下で番ばしとってね」

おしずはうなずくと、よろよろと立ち上がり、産屋を出て階段を下りていった。

長英は改めて、おせんと向き合った。

おせんは、かたくなな目をしている。苦しそうに顔をしかめているのに、長英を産屋に入れまいと、ぴりぴりしている。

長英は静かな声で語りかけた。

「なあ、おっかさんよ。このおイネの親父さん、シーボルト先生がどんな医者だったか、知らんか？　あんたは世話になったことがなかったかい？」

おイネは長英の横顔を見上げた。きれいに剃り上げられた長英の頭に、玉のような汗がいくつもふくらんでいる。

「シーボルト先生は、医者の家の出だ。一族の中でも特に優れた医者は、シーボルト先生の祖父さんだったそうだ。祖父さんは産科の医者だった。つまり、妊婦が健《すこ》やかにいられるよう、お産が大事なく成し遂げられるよう、医術でもって手助けする医者だった」

おイネは思わず言った。

「日ノ本とは違う。日ノ本では、お産ば手助けするとは産婆さんの役目やもん。産婆さんは女の人で、医者ではなか。薬ば出すことはできんし、腑分《ふわ》けの図ば学んでもおらん。ばってん、それが産婆さんにとっては普通でしょう？」

「俺も鳴滝塾の皆も、初めはもちろんそう思っていた。日ノ本で生まれ育ったんだからな。だが、ヨーロッパの医術について学びを深めるうちに、シーボルト先生がおっしゃる意味も、だんだんわかってきた」

「お産も、医者が診たほうがよかと？」

「ああ。世の中には、産科の医術というものがあってしかるべきだ。今の日ノ本では、女がお産のために命を落とすことがあまりに多い。そんなもんだとあきらめるんじゃなく、一人でも多くの命を救いたいと望むのが、医者のさがだ」

おイネの心に、おとめの笑顔が思い出された。

赤子ができたことを喜んでいた、おとめ。けれども、不安だらけでもあるようだった。何が原因で、おとめはおなかの赤子とともに、命を落とすことになってしまったのだろう？

解き明かしようがないかに見えるその問いにも、産科の医術を極めた医者であれば、答えることができるのだろうか。

おせんが、うう、と低くうめいた。腹を押さえている。

「おかしゃま！」

おふくがおせんに取りすがる。ゆらり、と、おせんの体が傾《かたむ》く。とっさにおイネは産屋に飛び込んで、おふくと一緒に、おせんの体を支えた。

「おばちゃん、苦しかと？　おなか痛かと？　どげんある？」

息も絶え絶えに、おせんはつぶやいた。

「……子袋《こぶくろ》が絞《しぼ》られるごたあ……ぎゅうっとなって、苦しかと」

「子袋が絞られるごた痛み方？」

お産についてよく知らないおイネでも、その痛みについてはぴんときた。きっと、陣痛《じんつう》というものだ。赤子がまもなく産まれようとするとき、母の体は、陣痛というひどい痛みに苛《さいな》まれるらしい。

いや、しかし、そんなのはおかしい。

お産があるのは、十か月になってからのはず。まだ六か月のおせんが陣痛に似た痛みを訴えるなんて、おかしい。このままでは、おなかの赤子がどうなってしまうかわからない。

おせんは、産椅にもたれかかっているのもつらいようだ。おイネは長英を振り向いた。

「寝かせてよかとよね？」

「ああ、寝かせてやれ。ただし、仰向《あおむ》けだと、腹に血脈が押されて、血のめぐりが悪くなることがある。左を下にして横になるといい。そうするのがいちばん、血のめぐりを邪魔しないらしい。そう教わった」

シーボルト先生に、と長英は言い添えた。慎重そうなかすれ声だった。

おイネはおせんの耳元で告げた。

「おばちゃん、寝かせるけんね。痛みが取れるまで、長英さんの言うことば聞いて。あたしのおとしゃまが、シーボルト先生が、長英さんに教えた方法ばい。これがいちばん、よかはずやけん」

おふくと呼吸を合わせ、おせんの体を横たえる。

ぐったりと力の入らない人を支えるのは、とんでもない力仕事だ。おイネもおふくも、あっという間に息が上がった。

おしずが階段を上がってきて、水差しと湯呑を産屋の入り口に置いた。おふくが湯呑に水を注ぎ、おせんの口元に運ぶ。おせんはぼんやりしながらも、一口、二口と水を飲んだ。

「大丈夫よ、おかしゃま。うちがついとるけん。おイネちゃんと長英さんもついとる。シーボルト先生のお知恵も借りられる。やけん、大丈夫よ。落ち着いてね」

母をなだめるおふくの声は、今にも泣きだしそうに震えている。

おせんは目を閉じて、浅く速い呼吸を繰り返している。横になっていても、まだつらそうだ。真っ赤に火照《ほて》った顔をしているのに、指先が妙に冷えている。

おイネは意を決し、長英に告げた。

「鎮帯ば解いてみる。そしたら、体が楽になるかもしれんとよね？」

長英は一語一語を確かめるように、ゆっくりと言った。

「シーボルト先生につき従って往診したとき、そういうことが幾度もあった。鎮帯が気や血のめぐりをさまたげている場合、解いてやれば、体は楽になるはずだ」

長英さんも怖いのかもしれない、と、おイネは感じた。

だって、世の中で正しいと信じられていることを、ひっくり返そうとしているのだ。祝いの帯、縁起物《えんぎもの》の帯を、おイネが解く。まるで呪いをかけるかのような、恐ろしいことをしようとしているのかもしれない。

だが、おイネは、苦しむおせんをそのままにはしておけなかった。

「ごめんね、おばちゃん。体の具合がよくなるまで、鎮帯、解くけんね」

おイネは、おせんの着物の襟《えり》をくつろげて、肌の上にじかに巻かれた鎮帯の結び目に手をかけた。ふっくらとした腹の肉に食い込むほどにきつく締めてあるのを、解いた。

肌の上には、鎮帯の跡が赤く、くっきりくぼんで残っている。

変化は一目瞭然《いちもくりょうぜん》だった。

鎮帯を解いた途端、おせんが深く呼吸し始めた。やはり、締めつけてあったせいで息が苦しかったのだ。こんなふうでは、きっと血のめぐりも止まっていただろう。

長英は産屋の外から、おイネとおふくに尋ねた。

「おイネ、おふく。おっかさんの着物の尻のあたりがひどく濡れてはいないか?」

おふくが目をぱちくりさせながら答えた。

「濡れとらんと思う。汗だけよ」

「血も出てねえな？」

「着物は汚れとらん」

「そうか……だったら、このまま落ち着いてくれるか……」

おイネは問うた。

「水や血って、何でそげんこと訊くと？」

「赤子はおっかさんの腹の中で、胎水《たいすい》という水に守られている。生まれ落ちた後の人間は、水に入れば息ができずに溺《おぼ》れちまうが、腹の中の赤子は逆だ。胎水の中でなけりゃ生きられねえ」

「じゃあ、産み月までまだ何か月もあるとに、胎水がこぼれてしまったら、赤ちゃんは……」

怖くて、それ以上は口にできなかった。

長英は淡々と言った。

「この時期に血がひどく出るのも、赤子や子袋に何かが起こったことの証《あかし》だ。いざお産となると、胎水も血もたくさん流れ出るものらしいが、産み月を迎えんうちに出血や破水があるのはまずいと聞いている」

おイネはしゃんとして、繰り返した。

「たくさんの水や血が出とる様子はなか。おばちゃん、さっきより楽に息ができるごとなっとるみたい。指先もあったかくなってきた。さっきまで、変に冷たかったと」

おふくが甲斐甲斐《かいがい》しく、おせんの着物を整えた。おせんは早くも眠りに落ちたようだ。

「おかしゃまの具合、ちょっと落ち着いたね」

「うん」

「ひと眠りしたら、きっと元気になるよね。おかしゃま、大丈夫よね」

長英がのそりと立ち上がった。

「そろそろ朝吉が薬種を届けに来るだろう。俺は下へ行って、薬の処方をする。当帰芍薬散《とうきしゃくやくさん》という薬だ。血のめぐりをよくして、痛みを和《やわ》らげる。むくみや火照りにも効く。『金匱要略《きんきようりゃく》』という古い医書では、当帰芍薬散は女の聖薬とも書かれているんだ。おっかさんが体を持ち直す手助けになるだろう」

長英は薬箱を手に、階下へ向かっていった。

おふくがおイネの袖《そで》を引いた。

「おイネちゃん、ありがとうね。うち、どげんしてよかか、ちっともわからんやった。おイネちゃんが長英さんと一緒に来てくれて、本当に助かった」

「うん。あたしもびっくりした。おばちゃんの具合が落ち着いてよかった。ばってん、見て。今になって、あたし、手が震えよっと」

おせんが寝息を立て始めた頃になって、急にこうなのだ。手が細かく震えて止まらない。さっき鎮帯を解いたときには、指先までしっかり力を込めることができたはずなのに。

「おイネちゃん？」

「あたしがしたこと、よかったとかな？　鎮帯ば解いて、産椅から離して、おばちゃんもおなかの赤ちゃんも大丈夫かな？　お祝いの帯ば外したら、悪かことが起こってしまわん？」

さっきまでは、ただ無我夢中だった。

でも、自分が正しいことをしたのかどうか、おイネにはわからない。おイネは産婆でも医者でもない。産屋に入ることのできるただの女で、しかも子供だ。お産についても医術についてもろくに知らない、無力な子供なのだ。

おふくはおイネに抱きついた。

「大丈夫よ、おイネちゃん。おかしゃまは頑固やけん、体が治ったら、また鎮帯ば締めて産椅に座るかもしれん。ばってん、うちがちゃんと、おかしゃまの様子ば見とくけん。ちょっとでも具合が悪そうやったら、今日んごとして、ゆっくり寝かせる」

「……おばちゃん、大丈夫かな……」

「大丈夫、きっと大丈夫。長英さんとシーボルト先生のお知恵ば信じよう。あたしは信じられるよ。だって、そのお知恵のとおりにおイネちゃんが治療してくれたら、おかしゃま、落ち着いたたい。やけん、産婆さんだけじゃなくて、お医者さんにも今日のことば伝えておくね。何て言ったっけ、長英さんの薬」

「当帰芍薬散」

「そう、それ。おかしゃまに効くとよね。女の人の体によか薬って言いよったよね。何かあったら、お医者さんに、その薬ばもらいに行くけん」

「うん……」

おイネはうなずきながら、胸の奥ではまだ震えていた。怖くて仕方がなかった。

目の前に、つい今しがたまで苦しんでいた人がいる。今は具合が落ち着いても、いつまた同じように、痛みや苦しみを訴えるかわからない。

そんなとき、何とかしてあげたい。でも、おイネは何も知らない。

人の体の中身がどんなふうになっていて、どこにどんな障《さわ》りが出たときに、痛みや苦しみとして表に現れるのか。

「知りたか。知らんばならん」

物知りの長英でさえ、妊婦の体を診ることにおいては、十分な知識を持っていないようだった。長英も不安なのが、おイネにはわかった。長英の手助けをしたいのに、何も知らないおイネは、本当に役に立ったのかどうか怪しいところだ。

くやしい。無知で無力な自分が、くやしい。

じりじりと胸の内が焦がれる。

おイネは、ぎゅっと手を握りしめた。

三

とっぷりと夜が更ける頃になって、俵屋は七月十五日の仕事を終えた。掛け取りに駆けずり回った男衆も、店に居残って男衆の手伝いに大わらわだった女衆も、遅い夕餉《ゆうげ》を食べ終えるや、部屋に引っ込んで高いびきをかき始めた。

大人たちが毎年そんなふうにぐったりしてしまうので、おイネは精霊流しを見に行くことは禁じられていた。大人がついていてやれないのに、十かそこらの子供が、しかも女の子が、明け方まで喧騒《けんそう》の絶えない精霊流しの町へ出掛けるなど、もってのほかだというのだ。

だが、今年は一人ではない。

おイネは、皆が寝静まった頃合いを見計らって、客間の障子《しょうじ》を細く開けた。

「長英さん、起きとる?」

ささやくと、黒々とした影がむくりと起き上がった。

「おう。出掛けるか」

「うん」

足音を忍ばせ、おイネと長英は俵屋を抜け出した。

夜八つ（午前二時頃）を過ぎた頃だ。

提灯《ちょうちん》は必要なかった。

空には大きな満月が架かっている。高台にあるお寺やお諏訪さん、妙見さんにも明かりがともされている。何より、長崎の町じゅうから海を目指して練り歩く精霊船が、明るい。

いかに蒸し蒸しとして残暑の厳しい長崎であっても、この刻限になれば涼しかった。

しっとりとした夜風が、おイネと長英の十徳をふわりとなびかせる。

長英は、海とは逆のほうを指差した。

「まず穎水楼の様子を見に行こう。何事もなけりゃ寝静まってるだろうが、もし万一、明かりがついているようなら……」

「うん。心配やね」

長英は黙ってうなずいた。

昼間のことだ。

おせんが寝入ってからしばらくして、おふくの父や兄、穎水楼の女中たちが帰ってきた。おふくが事情をまくし立てるや、皆で大騒ぎをして、涼しい部屋におせんの寝床を整えた。

穎水楼の主、すなわち、おふくの父の寛吉は実のところ、鎮帯や産椅や力綱といった日ノ本式のお産の習わしに疑いを抱いていたらしい。唐通事にはなれなかったものの、唐土のお国事情について学んだことがあるためだ。

帯祝いをし、産屋に産椅をしつらえて、お産に向けて張り切るようになった頃から、おせんはつわりの頃よりもひどく体の具合を損ねるようになっていた。それについて唐通事を務める兄や親戚に尋ねてみたところ、唐土の医書には鎮帯などの習わしが一つも書かれていないと知った。

ゆえに、もしかしてと思っていたそうだ。だから、寛吉は、おイネとおふくが妊婦の体を横たえたことも、鎮帯まで解いてしまったことも、咎《とが》めはしなかった。

ほっとして顔を見合わせたおイネとおふくに、長英は「運がよかったな」と耳打ちした。

運がよいとはどういう意味なのかと問うと、口元を笑みの形に歪めて、長英は吐き捨てるように答えた。

「医の道において正しい治療をしても、患者に文句を言われることがある。人間ってのは、信じたいものだけを信じるようにできてんだ」

こたび、おせんは横になり、鎮帯を解いて体を休めたことで、腹の痛みが治まった。安産祈願の習わしに逆らったが、それがかえって功を奏したのだ。

しかし、習わしをもっと大切にする家もあるだろう。そういう人から見れば、おイネのしでかしたことは、赤子に呪いをかけるも同然だったはずだ。

おイネは、また恐ろしくなってきて、唇を噛んでうつむいた。

震えてしまった腕を、長英が優しくぽんぽんと叩いてくれた。

穎水楼の表も勝手口のほうも、明かりは消えていた。

おふくや女中が、しばらくの間はおせんと同じ部屋で寝る、と言っていた。

おせんがまた苦しみだしてしまっても、いち早く気づけるように、と。

「おばちゃんの具合、大丈夫やったみたいやね」

「そうだな。寝静まっている。おイネの大手柄だったな。おふくもおしずも、よく頑張った」

「長英さんが教えてくれたおかげでしょ」

自信家の長英なら、そりゃあもちろんだ、とでも答えるはずだ。おイネはそう思っていたが、長英はため息をついて額に手を当てた。

「俺は不甲斐《ふがい》ないばかりだった。えらそうに、何でも知ってるような顔をして乗り込んでみたはいいが、見栄と虚勢だけだっただろう？　すまなかったな」

「長英さんは謝らんでよかよ。鳴滝塾で習ったこと、ちゃんと教えてくれたたい」

「あの程度じゃあ、だめだ。俺はお産に立ち会ったことがない。シーボルト先生の往診の助手として少し教わったことがあるだけで、産科の医術を身につけたとは、とても言えねえ。あんなありさまじゃあな」

「そげんことなか。あたしもおふくちゃんも、長英さんがおらんやったら、何もできんやった。長英さんのおかげで、あたしたちは頑張れたと」

長英は、たまらなくなったように頭を抱えてうずくまった。

「よしてくれ。俺はシーボルト先生と違って、産科はわからん。書物の上の知識が頭に入っているだけで、技《わざ》もなけりゃ自信もない。おかげで、男子不入の禁忌《きんき》を犯してまで産屋に踏み込む度胸がなかった。患者が目の前で苦しんで横たわってるのに、脈さえ取れなかったんだ」

「長英さん……」

「思い出したんだ。鳴滝塾の門弟の中に、岡山《おかやま》生まれの、石井宗謙《いしいそうけん》って男がいた。オランダ語がよくできたんだが、あいつは、産科の医術も熱心に学んでいた。故郷に帰ったら、多くの女や赤子の命を救ってみせると言っていた。今になって思えば、石井は大した野郎だったんだな」

「人と比べて落ち込んだらだめ。長英さんも大した野郎ばい」

「昼間、あの産屋の前にいるのが石井だったら、見事にやってのけたんだろうな。ちくしょう、自分が情けねえ」

おイネは長英の肩をぽんぽんと叩いた。昼の間は、長英がそうやって幾度もおイネをなぐさめ、励《はげ》ましてくれた。今度はおイネが励ます番だ。

「長英さんのごと頭がよくて何でもできる大人でも、うまくいかんで弱気になることがあるとやね」

「馬鹿言え。大人になってからのほうがよっぽど、できねえことの壁にぶつかって、ちくしょう、なぜだ、ふざけんじゃねえと世の中を憎みたくなるもんだぞ。世の中には、どうにもならんことがごまんとあるんだ」

「ばってん、普通の大人はあきらめとるよ。世の中はこげんもんやけん、ぶつかったり逆らったりしたらならんって」

「あきらめられねえ俺は、いい年こいて、小僧のままなのかね。いや、その一方で、ずるい大人なんだよな。本当に汚い大人だ。おイネ、そう思わねえか?」

急にそう言われて、おイネは困惑した。

「ずるか大人って、どげん意味?」

「ここ数日、引っ張り回してすまなかったな。俺ひとりでは口を開かせることができねえ相手も、おイネがいればどうにかなる。それがわかっているから、俺はおまえさんを連れ回したんだ。おまえさんを利用したんだよ」

それを聞いて、おイネは笑ってしまった。

「何だ、そげんこと。あたしだって、長英さんば口実にして、お花の稽古ば休んだり、親戚の集まりに行かんやったりした。今だって、精霊流し、ほかの大人の代わりに長英さんば利用しとるもん。ずるかとは、おあいこやろ」

「おあいこか。おイネはしっかりしてるよな。俺が十二の頃は、鼻っ柱が強いだけのガキだったぜ。言いたかねえが、男と女の違いかねえ?」

長英はしゃがみ込んだまま、顔だけ上げた。おイネのほうが、今は長英を見下ろしている。

おイネは、十徳の裾《すそ》をつまんで、ひらひらさせてみた。

「あたし、今日初めて、女の子に生まれてよかったって思った。長英さんが産屋に入れんやったとき、代わりにあたしが入ることができた。おばちゃんの具合が悪かとば治す手助けができた。あたしが女の子やけん」

長英はやっと、にっと歯を見せて笑った。

「おうよ。しかも、おイネはただの女の子じゃあない。医者の十徳を着こなす女の子だ。世の中広しと言えど、おまえさんみたいな頼もしい女医者は、そうそうおらんぞ」

「まだ医者って呼ばんで。あたし、これからやもん」

「これからか」

おイネは胸を張って答えた。

「あたし、今日、ちゃんとわかった。自分がやりたかこと。あたし、女の人のための医者になる。産婆さんじゃなくて、産科の医者になると。男の医者にはできんことばすると」

長英はうなずくと、すっくと立ち上がった。

「モーイ！」

「何て言ったと？」

「素晴らしいってな。シーボルト先生がよく口にしていた言葉だ。俺たちが何かを成し遂げるたびに、モーイ、素晴らしい、見事だ、さあもっとできるはずだぞと、前へ前へ進ませてくれた」

「モーイ？」

「ああ。簡単で、すぐ口から出る、いい言葉だろう？　きっとシーボルト先生ご自身、その言葉を声に出すことで、自分を励ましてもおられたんだろうな」

長英は、両手でばちんと自分の頬を打った。そして、仕切り直したようにさっぱりした顔で、行くか、とおイネに言った。

四

お盆の間、此岸《しがん》で過ごした先祖の御霊《みたま》は、精霊船に乗って西方浄土《さいほうじょうど》へ帰っていく。

精霊船は、初盆の若精霊《わかしょうりょう》がおわす家が出すものだ。一軒だけで船をこしらえられない家は、隣近所の若精霊の家と協力して、もやい船を出す。

竹と菰《こも》を使って、豪勢な屋形船《やかたぶね》をかたどる。甲板《かんぱん》には提灯を連ね、高く伸びた帆柱には「西方丸」「極楽丸」などと書いた帆を張る。屋形の中には、菰で包んだお供えを載せる。

精霊船の水先案内を務めるのは、意匠を凝らした纏《まとい》である。家紋をあしらったものばかりではない。故人をしのんで、ありし日に好んだものを纏の意匠とする家も多い。

精霊船を担いだ男衆は、低く歌うように声を上げる。

「どーい、どい」

カン、カン、と鉦《かね》の音が合いの手を入れる。

おイネと長英の前を、精霊流しの行列が通り過ぎていく。

今行ったのは、どこの町の船だろうか。すでにずいぶん練り歩いたのだろう。褌《ふんどし》一丁の男衆は汗みずくだ。女や子供は、道の端のほうに寄りながら、御霊となった知人の乗る精霊船の後を、静かについていく。

おとめの御霊が乗っているはずの新大工町のもやい船は、おイネが見つけた。穎水楼の様子を見た後、新大工町《しんだいくまち》に向かったら、すでに発《た》った後だった。だから、二人であちこち歩き回って捜したのだ。

ようやく見つけた精霊船は、さほど大きくはないものの、華やかな装いだった。新大工町の今年の若精霊は、女ばかりだったらしい。遺された者たちは、愛した女が好きだった花をたくさん船に飾った。

じっと目を凝《こ》らしてみても、船の甲板に並んでいるのは、菊《きく》やなでしこや桔《き》桔梗《ききょう》やりんどう、それから、明かりのともされた提灯ばかりだ。おとめの姿など、どこにもない。あるはずがない。

長英がぼそりと言った。

「やっぱり、ぴんとこねえな。あれに乗ってるはずなのに」

おイネと同じことを考えていたようだ。

「西方浄土って、長崎より西の海にあると？　ばってん、長崎から西に行ったら、唐土があるとでしょう？」

長英は人差し指で宙にくるりと円を描いてみせた。頭の中に、世界をかたどった丸い模型を思い描いたのだろう。

「長崎の西には唐土がある。唐土の海岸沿いに南へ行けば、台湾やバタヴィアがある。さらに西へ行けばインドがあって、もっと行けばアフリカがある。ヨーロッパは、アフリカをぐるっと迂回して北上すればたどり着く」

「アフリカば越えて、もっと西に行ったら？」

「西インドの大陸だ。二つ連なった大陸のうち、北にはアメリカがある。南は、スペインとポルトガルが二分している。西インドの大陸よりさらに西へ西へと行って、広い海を渡った先が日ノ本だ。世界を一周して戻ってくる」

「世界は丸かとよね。鞠《まり》んごた形ばしとって、そのどこにも、西方浄土っていう国はなか」

「そうだな」

「だったら、結局、死んだ人はどこに行くとやろう?」

長英は短く答えた。

「わからん」

「答えはなかと?」

「あるかもしれんが、今の世の人間には見つけられずにいる」

「見つけられたら、またおとめさんにも会えるとかな?」

「会ってどうすんだ」

「さあ? だって、あたし、おとめさんが死んだっていうことの意味が、まだよくわからんけん。いつになったら、わかるごとなるとかな?」

「俺は、すぐ上の兄貴が死んだときだったな。俺が二十のときだった。兄貴と二人で故郷を離れて、江戸で医術修業を始めて、三年ほど経った頃だ。お互い頼れる相手がほかにいなくて、二人でどうにかやってたんだが。つらかったな」

新大工町の船を追いかけて、そろそろ波止場の近くまでやって来た。長崎じゅうから集まってきた精霊船で、通りは混み合っている。

潮のにおいと花火のにおいが夜風に混じっていた。きっと誰かが精霊船を見送りながら、船出のはなむけとして、花火をしたのだ。

長崎では、オランダ船が入ってくるときも出ていくときも、石火矢を撃ってあいさつとする。精霊流しの花火は、その石火矢のあいさつにも似ている。

商家の屋号の入った提灯を手に、背中を丸めて歩いていく手代風の男がいた。掛け取りに手間取って、こんな刻限になってしまったのだろう。男は明るい精霊船を眺めるでもなく、道の隅にわだかまる闇を踏んで、そそくさと歩いていく。

おイネは、初めての精霊流しの情景に目を奪われている。つい、きょろきょろしてしまう。

裏腹に、長英はただ、おとめの御霊の精霊船だけを見つめていた。

どうしても気になってきて、おイネは尋ねてしまった。

「長英さんとおとめさんは、恋仲《こいなか》やったと？」

「ませた口を利くもんだな」

少しだけ笑った長英は、かぶりを振った。

「違うと？」

「胸を張って恋仲だったと言えりゃよかったかもしれんが、俺はあの頃、ひでえ男でな」

「おとめさんのこと、泣かせたと？」

「かもしれん。俺はな、故郷には許婚がいて、二十を過ぎていたのに祝言《しゅうげん》をどうするのか決めもせず、待たせっぱなしだった。そうでありながら、長崎でも浮名を流してみたりしてな。おとめにも櫛《くし》を買ってやったことがあった」

男が女に櫛を贈るのは、語呂合わせで、「苦」や「死」さえもともにしたいという夫婦の契《ちぎ》りを意味する。唐土渡りの芝居でも、櫛は永久の恋を表すとされる。その櫛を挿す髪が真っ白になるまで添《そ》い遂《と》げたい、という心を示す小道具なのだ。

おとめが長らく誰にも嫁がなかったのは、長英を待っていたからだろうか。

浮ついたうわさなど一つもない、身持ちの固い人だというので、大年増《おおどしま》のおとめにも縁談《えんだん》がよく舞い込んでいたらしい。それらを断るとき、おとめはどんな顔をしていたのだろう？

「聞いてみればよかった。おとめさんの恋の話。長英さんのこと、どげんふうに話してくれたかな」

「よしてくれ。どうせ恨み言しか出てきやしねえよ。シーボルト先生の騒動が起こって、俺は平戸藩に身を隠して長崎に戻らず、おとめとはそれっきりになっちまった」

「故郷に許婚がおったとでしょう？　その人は？」

「別れた。騒動の翌々年だったかな。江戸に戻る前に京で遊学しながら、ようやく決心がついて手紙を送った。俺とは縁を切って、忘れて前へ進んでくれ、とな。俺はまだ故郷に帰れそうにないから、と」

「いつか帰るつもりやったと？」

「ああ。成すべきことを成し遂げたらと思っていたが、たどり着くにはまだまだかかる。故郷の水沢に引っ込んじまったら、そこで俺の歩みは止まるんだ。

飢饉《ききん》に苦しめられる地だと教えただろう？　俺は、そんな故郷を救いたい。だから、帰れねえ」

いよいよ波止場に至ると、海が明るかった。あまたの精霊船が浮かべられ、水面に提灯の明かりが映り込んでいるのだ。

人々は海際に立って、精霊船を見送っている。

出島にも明かりがともっているのがわかった。見晴らし台の上に人影がある。精霊流しを見物しているのだ。かつては父も同じようにこの景色を眺めたのかもしれない、と、おイネは思う。

少し黙っていた長英は、おイネにだけ聞こえるくらいのささやき声で言った。

「俺は、この世のありとあらゆる知を身につければ、故郷を救えると信じている。不作のたびに人が飢えて死ぬのは、寒さに弱い作物と、不作だろうが何だろうが米の年貢《ねんぐ》を取り立てる幕府のせいだ。だったら、変えりゃあいい」

「変える？　何ば変えると？」

「ありとあらゆるものを、だ。今までのやり方に縛られず、寒さに強い作物を育てて蓄え、飢えに備える。貧しい土地に無茶な年貢を求める政《まつりごと》を、そいつは間違ってると指摘して、革《あらた》める」

「世の中ば変えるとやね。そげんことができると？」

「やってやるさ。オランダ渡りの書物に学んで、日ノ本のやり方とは違う国のあり方を知った。学者としての高野長英には、やれることがいくらでもある。武士としての身分を捨てて、学び続けることに意味がある」

長英は言葉を切って深く息をした。熱がこもって高まりそうになる声を抑えながら、続ける。

「俺はこの長崎で、シーボルト先生のもとで学んだおかげで、生きたい道に出会うことができた。故郷も許婚も武士としての自分も失ったが、後悔はない」

精霊船がまた一艘、海に浮かべられた。西方へと旅立っていくその船は、初秋の花をたくさん積んでいる。おとめの御霊を乗せた、新大工町のもやい船だ。

おイネは両手を合わせた。長英は大きな息をついて、こうべを垂れた。

漕ぐ者もない船が、岸辺からゆっくりと離れていく。ほかの船の間にまぎれて、姿が隠れる。

おイネは口を開いた。

「あたしが女の人のための医者になったら、おとめさんのごと、おなかの赤ちゃんと一緒に亡くなってしまう人の命ば救うことができるかな?」

面を上げた長英が、おイネを見つめた。

「できると信じろ。医の道に終わりはない。今できないことは、まだできないだけで、進んでいけば、いつかできるようになる。その見込みを信じて、学び続けてみろ。シーボルト先生がやってのけたように、知の力が、これまでになかった新しい道を拓《ひら》くはずだ」

おイネはその言葉を噛みしめた。知の力、という大切な言葉。

「長英さんが今やりよるごと、知の力で、あたしも新しか道ば行きたか」

精霊流しの灯が水面にゆらゆら揺れている。

夜明けはさほど遠くない。東に連なる山並みがうっすらと、暁《あかつき》の色に染まりつつあった。

翌日、昼近くになっておイネが起き出したときには、長英はすでに長崎を発っていた。聞けば、昔の伝手《つて》を使い、足の速い船で平戸まで送ってもらうことになったらしい。

おイネは急いで波止場に駆けていってみたが、それとおぼしき船影はなかった。

今日も出島の表はにぎやかだ。長崎土産を扱う小間物屋が、番所で許しを得て、大門から入っていくのが見える。それを出迎えるオランダ人と、きらびやかに着飾った遊女の姿も見えた。

沖に停泊したオランダ船の甲板にも、人影がある。彼らが指差す先に、斜めになりながら浮かんでいる精霊船があった。じっと様子を見ているうちに、少しずつ精霊船は沈んでいった。

背後から呼ぶ声がした。

「おイネ！」

いらいらしているような、荒っぽい声音だ。

振り向くと、せわしない往来の人垣を器用に縫って、朝吉が駆けてくるところだった。くしゃくしゃした癖毛の頭はほっかむりの手ぬぐいで隠している。

「何ね、朝吉」

「一人でふらふら出歩くな。特にオランダ船が長崎におる間は、商いのためによそから入ってきた者もたくさんおる。素性《すじょう》の怪しか者もおるとぞ。さらわれたら、どげんするつもりや？」

朝吉は袂《たもと》から手ぬぐいを出し、おイネの頭にすっぽりとかぶせた。顔や髪を隠せ、というのだ。

旅姿の商売人が、物見高そうに出島のほうへ向かっていく。そのついでにおイネの顔を何気なく見て、ぎょっとしたように目を丸くした。

ああ、まただ。爆竹でも鳴らして、脅《おど》かしてやりたい。

おイネはぷいと顔を背けた。

「わかったよ、朝吉。帰ろう」

朝吉はむっとした様子のままうなずいて、おイネの手首をつかんで引っ張りながら歩きだした。おイネはその手を振りほどくと、急ぎ足をして朝吉に追いつき、肩を並べた。横目で朝吉のほうを見やる。

「何や？」

別に何でもなか、と言いかけて、やめた。はっきり言ってやろうと思った。

「あたし、守ってもらわんばならんほど弱くなかけん」

「は？」

「ばってん、手ぬぐい、ありがとう」

朝吉が藍色の目を見張った。それが何となくおもしろくて、くすぐったくもあって、おイネは笑いながら、まっすぐに前を向いた。

終　おイネ、十九

旅立ちにはふさわしい、春のよく晴れた一日だった。

長崎を囲む山々を見上げれば、白や薄紅《うすべに》や朱《しゅ》、あるいは真っ赤な色が目に留まる。椿や梅、少し気の早い桜に桃に木瓜《ぼけ》に木蓮《もくれん》も、こぞって花びらを春風に踊らせているのだ。

弘化二年（一八四五）春一月下旬。

おイネは十九になった。

今日、おイネは長崎を離れ、医術修業の遊学に出る。おイネの師となることを引き受けてくれたのは、かつてシーボルトの門弟であった二宮敬作だ。

敬作はもともとシーボルトにおイネの養育を頼まれていたそうだ。しかし、かの一連の騒動の後、シーボルトに近しい弟子の多くは長崎からの所払いを命じられた。敬作も例に漏れず、故郷の伊予国卯之町《いよのくにうのまち》に戻らざるをえなかった。律義《りちぎ》な敬作は、おイネに手紙や書物をしばしば送ってくれた。祝い事の折に、伊予絣《いよがすう》の反物《たんもの》を贈ってくれたこともあった。

父の元門弟のうち、ほかの誰よりまじめで丁寧なのが敬作だった。長年にわたる文通で、おイネにもそれがよくわかっていた。だから、医道の初学において敬作に師事することに迷いはなかった。

これからおイネは長崎を発ち、四国は伊予の卯之町、敬作の自宅兼診療所に寄寓《きぐう》して、医術を教わる。場に臨んでの、実に即した医術だ。

自分で学べる限りのことは、書物と向き合って身につけてきた。書物からは得られないことを、この遊学の間に自分のものにするのだ。

「一人前の医者になるまで長崎には帰らんつもりやけん」

おたきにもそう告げてある。

「あんたはまた、そげん意地ば張って……これ以上お嫁に行き遅れて、どげんするつもりね?」

結局、おたきの心配の種はそこに尽きるらしかった。おたきが今のおイネの年の頃にはシーボルトのもとで妻として暮らしていたのだと思うと、おイネは何とも奇妙な心地になる。

行き遅れが何だというのだ。おイネには、学びたいこと、学ぶべきことが山のようにある。これらをほっぽり出してでも一緒になりたいとおイネに望ませる男など、きっとこの世のどこにもいない。

おイネが夫婦になってていいと思える相手がいるとするなら、きっと相手も医者だ。あるいは学者だ。二人で力を合わせれば、今なお解けない学問上の謎が解ける。そう信じられるのであれば、おイネはその相手と一生かけて語り合うだろう。

こんな理屈を滔々《とうとう》と説いて、幾人、男を振っただろうか。

しかしおイネをもってしても、どうしても退けきれない男が、ただ一人いる。今年七つになった弟の文作《ぶんさく》だ。この子と離れ離れになることだけが、長崎から出ていくおイネの心残りだった。

いくらか体の弱い文作だが、頭がよくて愛らしい。とても優しく、幼いながらも気遣い上手なのは、父の血を受けているからだろうか。

父の和三郎は、文作が生まれるのを待たずして亡くなった。脾《ひ》と呼ばれる臓《ぞう》腑《ふ》の病だった。猛烈な腹痛を訴え、血を吐いたり下したりして寝ついたと思ったら、あっという間に命のともしびが消えてしまった。

和三郎の死の悲しみは、おイネの胸に今でも突き刺さっている。人の命を食いつぶす病というものに、怒りを覚えもする。きっと、この怒りこそが、世の医術を前へ前へと推し進めていくのだろう。

おイネの医術修業にはいくつもの理由があるが、和三郎の死もその一つだ。和三郎は、脾の病が一筋縄ではいかないことも、自分がいなくなれば商いが立ち行かなくなることもわかっていたらしい。倒れるよりずっと前に書かれた遺言に従って、おたきは俵屋をたたんだ。奉公人たちは新しい勤め先へ移っていった。

おたきは銅座跡の楠本の家に戻って、大伯父を手伝ってこんにゃく屋を続けている。俵屋で暮らしていた頃ほどの余裕はなくなった。

それでもおイネが学問を続け、遊学にまで出られるのは、和三郎がおイネのためにまとまった金を残してくれていたからだ。

顔を覚えていない、血のつながった父シーボルト。血のつながりはないのに大切にしてくれた、養父の和三郎。二人の父がそれぞれ残してくれたもののおかげで、おイネは医者になる道を進んでいける。

潮嗄《しおが》れした男の声が、おイネを呼んでいる。

「おイネ！　そろそろ船ば出すぞ。さっさと乗れ！」

朝吉である。

裏五島町《うらごとう》の回船問屋で手代を務める朝吉は、この三、四年の間にずいぶんと背が伸び、肩も胸もがっしりとした。見事な体躯は、船乗りと比べても遜色《そんしょく》がない。その上、品物の目利きにも金勘定《かねかんじょう》にも長け、知恵が回るし気も利くらしい。

朝吉は明るく快活になった。仕事を任されるようになり、自信がついてくるにつれ、吹っ切れた。生まれや髪や目の色で悩んでいたのが、小さなことと思えるようになったのだ。

むしろ今となっては、彫りの深い顔立ちをした美丈夫だというので、年頃の娘たちに騒がれている。朝吉の美しい藍色の目を見つめると、吸い込まれそうな心地になるのだとか。おイネにとってはどうでもよいことだが。

「わかっとる！　すぐ行くけん！」

おイネは足早に、朝吉の船のほうへ向かった。

十徳の透き通った黒い裾がなびくのを横目に見る。十二の頃に長英にもらった、あの十徳だ。

昔は肩上げをして無理やり寸法を合わせていた。こたび、遊学に出るにあたって、糸をほどいて洗い張りし、自分の寸法に合わせて仕立て直した。

長英とはあれ以来、会っていない。

あの年の冬に入る頃、おイネは初めて九連環を解くことができた。それが嬉しくて、事細かに手順を記した手紙を江戸の長英のもとに送った。その手紙と入れ違いに、長英から「実は先頃、妻を迎えて祝言《しゅうげん》を挙《あ》げた」という、妙に照れくさそうな手紙が届いた。それっきりだ。

今、長英がどこにいるのかわからない。

長崎を訪れた翌年、長英は「海防に関してご公儀に盾突《たてつ》いた」として奉行所《ぶぎょうしょ》の捕り方につかまり、牢に入れられた。それから五年ほど牢で過ごしていたが、去年になって牢が放火され、そのどさくさにまぎれて行方をくらませたという。

何の証《あかし》もないが、きっと長英は日ノ本のどこかで元気に生きている。おイネは、そんな気がしてならない。いつかどこかで会えるだろう。ひょっとしたら、長英がかつての仲間である敬作のもとを訪ねてくるかもしれない。

だから、おイネは、この遊学にはいろんな望みをかけている。胸が躍って仕方がない。

「朝吉、あたしはどこに乗ればよかと？」

「海に落っちゃけんところなら、どこでんよか。船酔いはせんやろう？」

「たぶん」

朝吉は、改めておイネの姿を上から下まで見ると、あきれ笑いを浮かべた。

「相変わらずやな。せっかくの門出《かどで》の日に化粧もせず、髪もいい加減にひっつめにして、男んごた十徳ば着てさ」

「髪は、伊予に着く頃にはちゃんとするよ。敬作先生に初めてごあいさつするときだけはね。ばってん、旅の間は、ひっつめにしとったほうが扱いやすかろう」

「そげんやけん、おたき叔母ちゃんと喧嘩《けんか》になるとぞ。しばらく会えんごとなるとに、おイネがいちいち噛みつくせいで、おたき叔母ちゃんはあげん遠くからしか見送れんとたい。かわいそうに」

「せからしか」

おイネは朝吉をひとにらみして、陸《おか》のほうを振り向いた。

おたきは、荒っぽい男たちが行き交う船着き場から離れたところでたたずんでいる。文作がこの場にいないのは、今日も熱を出してしまったせいだ。

「あっ、おふくちゃんも来てくれとる」

おたきの隣に、おふくが寄り添っている。去年、婿《むこ》を迎えたおふくは、すでにおなかに赤子がいる。この頃少し、おなかのふくらみが目立ってきたところだ。十二の頃に母のお産の手伝いをし、そのとき生まれた妹も元気に育っているから、自分のお産にもさほど不安はないらしい。

本当に医者になるのか、たった一人で伊予まで遊学に行くのかと、最後までおイネに問い続けていたのが、おたきとおふくだった。母と親友、いちばん近くでおイネを見ていたはずの二人だからこそ、心配でたまらなかったのだろう。うっとうしいと思ってしまった日があったことを、おイネは少し悔いている。だからといって、自分の道を曲げることなどできなかった。

おイネは、おたきとおふくに笑ってみせた。口元に手を添えて、明るい声で叫ぶ。

「行ってくるけん！」

腕をいっぱいに伸ばして、おイネは大きく手を振った。

（了）

著者略歴

馳月　基矢（はせつき・もとや）

小説家。

1985年長崎県五島市生まれ。

長崎北陽台高校から京都大学に進み、同大学院修士課程修了。

2020年『姉上は麗しの名医』（小学館時代小説文庫）でデビューし、第9回日本歴史時代作家協会賞・文庫書き下ろし新人賞を受賞。

他に、『帝都の用心棒 血刀数珠丸』（小学館時代小説文庫）、「拙者、妹がおりまして」シリーズ全10巻（双葉文庫）、「義妹にちょっかいは無用にて」シリーズ（双葉文庫）、「蛇杖院かけだし診療録」シリーズ（祥伝社文庫）がある。

江戸を舞台とした青春群像劇に定評がある。

おイネの十徳

発行日	2023年 11月 1日　初版第 1 刷発行
著者	馳月　基矢
発行人	片山　仁志
編集人	堀　憲昭
発行所	株式会社 長崎文献社 〒850-0057 長崎市大黒町3-1　長崎交通産業ビル 5 階 TEL. 095-823-5247　FAX. 095-823-5252 ホームページ https://www.e-bunken.com 本書をお読みになったご意見・ご感想をこの QR コードよりお寄せください。
印刷所	モリモト印刷株式会社

ISBN 978-4-88851-394-4　C0093　¥1200E

好評既刊

長崎游学シリーズ

（表示価格は税込）

① 原爆被災地跡に平和を学ぶ
長崎文献社編

落下中心地、浦上天主堂から原爆柳まで

A5判／48頁　1100円

978-4-88851-322-7

② 長崎・天草の教会と巡礼地完全ガイド
長崎文献社編

長崎県・天草カトリック教会139と主な巡礼地100ヵ所を紹介

A5判／103頁　1760円

978-4-88851-091-1

③ 長崎丸山に花街風流 うたかたの夢を追う
山口広助

「長崎丸山」の歴史的背景を解説

A5判／56頁　880円

978-4-88851-094-3

④ 軍艦島は生きている！
軍艦島研究同好会監修　長崎文献社編

「明治日本の産業革命遺産」で世界遺産に

A5判／72頁　880円

978-4-88851-156-8

⑤ グラバー園への招待
ブライアン・バークガフニ

日本のあけぼのを展望する世界文化遺産

A5判／82頁　1100円

978-4-88851-321-0

⑥ 「もってこーい」長崎くんち入門百科
長崎くんち塾編著

全踊町の演し物、傘鉾・シャギリ・踊り師匠も紹介

A5判／120頁　1100円

978-4-88851-174-2

⑦ 島原半島ジオパークをひと筆書きで一周する
寺井邦久

国内初の「世界ジオパーク」に認定された島原半島のポイントをガイド

A5判／97頁　1100円

978-4-88851-173-5

⑧ 「日本二十六聖人記念館」の祈り
長崎文献社編

日本二十六聖人記念館監修

長崎西坂の丘に建つ記念館のすべて

A5判／78頁　1100円

978-4-88851-184-1

⑨ 出島ヒストリア 鎖国の窓を開く
長崎文献社編

「小さな島の大きな世界」を解説

A5判／94頁　1100円

978-4-88851-205-3

⑩ 「史料館」に見る産業遺産 三菱重工長崎造船所のすべて
長崎文献社編

日本の近代化工業の歴史がこの一冊でわかる世界文化遺産8件紹介

A5判／110頁　1100円

978-4-88851-228-2

⑪ 五島列島の全教会とグルメ旅
下口勲神父監修　長崎文献社編

絶海の列島で生きた人々の歴史はドラマに満ちている

A5判／152頁　1100円

978-4-88851-259-6

⑫ ヒロスケ長崎ぶらぶら歩き
山口広助

まちなか編〜町に人あり、人に歴史あり

A5判／100頁　1100円

978-4-88851-273-2

⑬ ヒロスケ長崎 のぼりくだり
山口広助

長崎村編　まちを支えるぐるり13郷「ぶらぶら歩き」からエリア拡大

A5判／148頁　1650円

978-4-88851-309-8

⑭ 長崎文学散歩 作家たちに愛された長崎を歩く
中島恵美子

文学作品ゆかりの場所をめぐるガイドブック

A5判／104頁　1100円

978-4-88851-317-3

⑮ 歩く楽しむ長崎街道
長崎楽会編

シーボルト、吉田松陰、そして象も歩いた道　全行程57里は今どうなっているのか徹底取材

A5判／94頁　1320円

978-4-88851-374-6

ウェブサイトもどうぞ

長崎文献社

〒850-0057 長崎市大黒町3-1-5F
TEL 095-823-5247 FAX 095-823-5252